Fan
ファン文庫

万国菓子舗　お気に召すまま

幼き日の鯛焼きと神様のお菓子

著　溝口智子

マイナビ出版

Contents

登場人物

Characters

村崎荘介《むらさきそうすけ》

『万国菓子舗《ばんこくかしほ》　お気に召すまま』店主（サボり癖あり）。
洋菓子から和菓子、果ては宇宙食まで、
世界中のお菓子を作りだす腕の持ち主。
ドイツ人の曾《そう》祖父譲りの顔だちにも、ファン多し。

斉藤久美《さいとうくみ》

『お気に召すまま』の接客・経理・事務担当兼〝試食係〟。
子どもの頃から『お気に召すまま』のお菓子に憧れ、
高校卒業後、バイトとなった。明るく元気なムードメーカー。

安西由岐絵《あんざいゆきえ》

八百屋『由辰《よしたつ》』の女将であり、荘介の幼馴染み。
女手一つで店を切り盛りし、目利きと値切りの腕は超一級。

班目太一郎《まだらめたいちろう》

フード系ライター。荘介の高校の同級生。『お気に召すまま』の
裏口から出入りし、久美によく怒られている。

藤峰《ふじみね》　透《とおる》

久美の高校時代の同級生。大学で仏教学を専攻。
星野陽《ほしのよう》という恋人にベタ惚れして、いつも久美にのろけている。

International Confectionery Shop

Satoko Mizokuchi

万国菓子舗お気に召すまま

幼き日の鯛焼きと神様のお菓子

溝口智子

鯛焼きくんのザイオン

「荘介《そうすけ》さん！　備品を買うときには相談してくださいって言ってるやないですか！」

昼下がりの店内に迫力満点の声が響く。斉藤久美《さいとうくみ》は小さな体をなんとか大きく見せようと目いっぱい胸を張って叱るのだが、背の高い店主にあまり効果はないようだ。

「蚤の市で見つけたんです。今日が最終日だから相談する時間がなかったんですよ」

店主の村崎《むらさき》荘介は大きな包みを持ったままのんびりした口調で返し、少しでも久美の怒りを削ごうとしているのか、笑みを浮かべる。

マダムキラーとして名高い荘介の美しい笑みも、見慣れている久美には通じない。この店『万国菓子舗《ばんこくかしほ》　お気に召すまま』に通う客の中には、荘介のギリシャ彫刻のように端正な姿を見にくる者もいるほどなのだが。

「もう。いつもなんだかんだ言ってごまかそうとするんやもん。それで、今度はなにを買ったんですか？」

「これです」

先ほどのきれいな笑みとは違う、宝物を見せびらかす子どものように無邪気な笑顔で、荘介は一メートル弱ほどの細長い包みを開いてみせた。ハサミのように交差した二本の鉄棒の先に、鯛をかたどった金型がついている。

「鯛焼き器ですか」

「そうです」

「でも一匹しかいませんよ」

「これは一匹ずつ手焼きする一丁焼きと言われる焼き方用なんです。最近は大量の鯛を一気に焼きますが、昔は一丁焼きが主流だったようです」

「で、おいくらだったんですか？」

荘介はまた美しい笑みを浮かべて、右手をそっと開いて見せた。

「……五百円？」

久美の問いに、荘介は黙って首を横に振ってみせる。

「五千円？」

また首を振る。

「まさか……五万円？」

「あたりです」

「大きい買い物をしよるんなら相談してくださいって、いつも言っとうやないね！」

久美に本気の博多弁で叱りつけられて、荘介は子どものように首をすくめた。

荘介が店長を務める『万国菓子舗　お気に召すまま』は、福岡《ふくおか》市の繁華街・天神《てんじん》から電車で十分ほどのところにある、こぢんまりとした店だ。

『万国』と付くその名のとおり、お菓子ならなんでも作る。日本各地のお菓子はもちろん、アメリカ、アフリカ、ヨーロッパ、アジアにインドに中東、南米。さらには夢で見ただけのお菓子まで。客の注文があればなんであれ、どんなお菓子も美味しく作りだしてみせる。

荘介のお菓子作りにかける情熱はすばらしいのだが、そのために周りのことが目に入らなくなることが多々あり、経理も任されている久美はいつも目を光らせていないといけない。

久美はアルバイトではあるのだが売り子から事務、経理まで一人でこなす働き者でどんな仕事にも手を抜かない。中でも『試食係』としては渾身の力を発揮する。荘介が世界で一番信頼を置く舌の持ち主で、店にとっても荘介にとっても大切な存在だ。

ひとしきり久美のお小言を聞き終えた荘介に足音を忍ばせて、そっと厨房へ入っていった。まだなお久美が怖い顔をし続けているのは、荘介が甘えすぎないように気を引き締めてみせているだけだとわかっているが、怒った顔が怖いことには変わりない。なのに何度叱られても、すばらしいものに出会うとやはり夢中になって周りが見えなくなってしまう。

今日の金型もそうだった。古いものだが保存状態が良く、手入れさえすれば今すぐにでも使える。

初夏の緑が濃い神社の杜《もり》で行われていた蚤の市に足を踏み入れたのは、偶然だった。いつもどおり店を抜けだしてフラリと歩いていたら、開催されていたのだ。

荘介のサボり癖は近隣では有名で、朝一番に商品を陳列し終えるとほぼ毎日、久美に見つからないようにスルッと出ていってしまう。昼間は店にいないということについても久美からお小言をいただくのだが、荘介は聞いていないふりをしてやりすごす。

だが久美は荘介が勤務態度を改めるまで諦めはしないようで、二人の攻防は荘介が放浪して帰るたびに繰り返されている。

数時間先に繰り広げられるであろう、そんな久美とのやりとりにはまったく気を回さず、荘介は気分良く木漏れ日がきらめく参道をのんびりと歩いていた。

石畳の参道の両脇にさまざまな売りものが並んでいる。アンティークのアクセサリーを並べている陳列台、テントを立てて手作りの大きな木彫り作品を置いている人、ハンガーラックに古い和服をかけている店。いろんな人が個性的な店を広げている。

「よー、お兄さん。ちょっと見ていきなよ」

声をかけられて立ち止まると、商品を並べた折り畳み式のテーブルの横で小柄な男性がカモンカモンと手招きしていた。

ダブダブのジーンズにアフロを撚《よ》りあわせた短めのドレッドヘア。薄手の黒いパーカーの中に着た白いTシャツには、レゲエの神様、ボブ・マーリーが描かれている。見た目は五十代後半くらい。レゲエファッションに身を包んで長いのか、そのスタイルは母国の民族衣装を着ているかのように馴染みきっている。

寄っていくと意外にも、台の上にはレゲエや、レゲエ発祥の地と言われるジャマイカに関するものがあるわけではなかった。

物置小屋の中で忘れられていたお中元やお歳暮の箱をいくつも持ってきているようで、未開封の洗剤セットや毛布などが並んでいる。

ついでにガラクタも陳列していて、埃をかぶったままのブリキの灰皿や、梅干を漬けるためのひび割れた壺なども並べられている。

「古いものにはいい味があるよ。人生が豊かになること請け合いだよ」

なるほど一理あると、荘介は男性の背後に敷かれたシートの上にずらりと並べられている古物を端から見ていった。その古物たちのど真ん中に鯛焼きの焼き型があった。

「その焼き型はもしかして……」

「お目が高い！　これはいいものだよ。お兄さん、職業はなに」

突然話が飛んで驚いたが、荘介はにこりと笑う。男性の人好きのする表情や明るい話し方の中に陽気で力強いエネルギーを感じて、この人はなんだか面白いぞと子どものように目を輝かせ、荘介は男性に正面から向きあった。

「僕はお菓子屋さんです」

「売るだけ？　作る？」

「作ります」

「洋菓子、和菓子、どっち？」

「どちらもです。注文があればなんでも、どんなお菓子でも」

「よし！　この鯛焼き器はお兄さんのものだ！」

そう言って鯛焼き器を荘介に差しだし、男性は反対の手のひらも突きだした。

「五万円」

思わず荘介の頬がゆるむ。あまりに高額な値段や明らかに買い手を選んでいる様子、なんの商売を生業《なりわい》にしているのか想像もつかない正体不明な風貌などが、荘介の中にある夢中スイッチを刺激する。

面白いことに目がない荘介は、即座に財布を取りだした。領収書には金澤泰司《かなざわたいじ》と男性の名前が書かれていた。


荘介が鼻歌まじりに手に入れたばかりの金型の手入れを始めたところ、視線を感じて振り返った。すると、厨房の入り口から久美が半分だけ顔を覗かせていた。じっとりと荘介を観察している。荘介はまだ解けていない久美のお小言モードを恐れて、できるだけ神妙な表情を作ってみた。

「久美さん、鯛焼きは好きですか？」

「もちろんです」

「一丁焼きの鯛焼きは美味しいですよ」

「そうでしょうとも。荘介さんが作ったお菓子が美味しくないわけありません」

思わず荘介は笑み崩れた。久美はどんなときでも、たとえ怒っていたとしても荘介のお菓子作りの腕を認めてくれる。パートナーとしてこんなに嬉しいことはない。

「それで、鯛焼きはいつ焼くんですか？」

「もしかして鯛焼きが食べたくて見ているんですか？」

「そうとも言えます」

難しい顔をしたままでお菓子を要求する久美に荘介は噴きだしそうになったが、手で口を覆って必死に耐えた。これ以上怒らせるわけにはいかない。

「なにか？」

「いえ、なんでも。そうそう、鯛焼きは明日焼きますよ。金型の手入れにも時間がかかりますし、予約のお客様がいらっしゃいますので」

久美の表情がパッと仕事モードに変わる。

「ご予約があるんですか」

「はい。鯛焼き器を売ってくださった金澤様で、イートインです」

「わかりました。明日、席を準備しておきます」

てきぱきと業務連絡を済ませると、久美は受け持ちである店舗へと戻っていった。

＊＊＊

金澤泰司は予約した午後四時ぴったりにやって来て、木製のドアについている小窓から店内を覗きこんだ。

店はそう広くない。歴史が感じられる柱や床の木材は、古いがぴかぴかに磨き上げられている。大きなガラス窓の側にはイートインスペースがこぢんまりとしつらえられて、明るく居心地が良さそうだ。壁に作りつけられた棚には盛りだくさんの焼き菓子、ショーケースには色とりどりの生菓子。定番の和洋菓子から、見たこともない珍しいものまでずらりと並んでいる。

その種類の豊富さに満足したらしく、ふむと頷いて真鍮《しんちゅう》製のドアノブに手をかける。カランカランとドアベルを鳴らしてようやく店内に足を踏み入れた。

泰司を一目見て、久美はこの人はレゲエが好きに違いない、それ以外にはありえないと心中で断定した。泰司は今日もドレッドヘアを楽しげに揺らし、胸にボブ・マーリーのプリントがあるTシャツを着ている。

「いらっしゃいませ」

「や、どうも。金澤だけど、荘介さんは逃げだしてない？」

昨日会ったばかりだと荘介は言っていたが、泰司が軽い口調で荘介の所在を尋ねるところを見ると、かなり打ち解けたのだろう。荘介は人好きのするタイプだし、見たところ泰司もとても明るい表情で話しやすい人物だ。

「はい、厨房におります」

そう答えたところに、二人の声を聞きつけて荘介がやって来た。

「いらっしゃいませ、金澤さん」

「や、どうもどうも。鯛焼き器はちゃんと使えそう？」

「はい、大丈夫です。きっちりと保管していただいていたおかげで破損もありませんし、まだまだ現役でいけますよ」

久美は来客用のお茶を出しながら、鯛焼きの金型の売り手はどんな人柄なのか見抜いてやろうとばかりに、じっと泰司を見つめる。五万円、五万円、一万円札が五枚……と心の中で呟きながら。すると、泰司もじーっと久美を見てきた。

「な、なんでしょうか」

先に根負けした久美が尋ねると、泰司は背筋を伸ばして腕を組んだ。

「噂にたがわずかわいいねえ」

「えっ、噂ですか？」

「荘介さんが話してくれたよ。ま、噂というよりのろけだね」

「うぇぁ！」

久美はよくわからない叫び声をあげた。そんなことを急に言われても、どんな顔をしたらいいかわからない。あたふたと泰司と荘介の顔を見比べ、二人の笑顔の前でいたたまれなくなって厨房に逃げていった。泰司は納得して、うんうんと頷く。

「かわいいねえ」

「そうでしょう」

二人は微笑ましそうに頬を緩ませた。

「久美さん。鯛焼きを作っていきますよ」

荘介と泰司が厨房に入っていくと、先ほど返答できなかった不甲斐なさに落胆していた久美が、口をへの字に曲げた情けない顔をしていた。

「どうしたの、久美ちゃん」

泰司が目を丸くすると、久美は仕事の顔を取り戻して笑ってみせた。

「なんでもありません。それより、鯛焼きを焼くところをご覧になるんですか？」

「鯛焼きは、焼けていくところを見るのも大切な味わいのうちだからさ」

久美と泰司のお喋りを聞きながら、荘介は鯛焼き作りを開始する。

『お気に召すまま』の厨房は大正時代に創業してからの歴史を経ているが、今も変わらず清潔で明るい。水色のタイル張りの壁はぴかぴかに光り、中央に据えられている調理台の大理石の天板は真っ白で部屋の明るさをさらに増している。

もともとは荘介の祖父である先代がドイツ菓子専門店として始めた『お気に召すまま』を、荘介が継いだ。その後、『万国菓子舗』と銘うって和菓子も多国籍のお菓子も日常的に作るようになってからは、厨房内には和菓子用の調理器具も導入している。そのため一丁焼きの鯛焼き器がお目見えしても、しっくりと馴染んだ。

冷蔵庫の中には数時間前に下準備を済ませた鯛焼きの生地が冷やされていた。鯛のお腹に詰めるのは、『お気に召すまま』で毎朝炊いている小豆餡を流用する。

「生地は小麦粉、重曹、塩だけにしました。冷水で小麦粉を溶いたのでサクッとした歯ごたえになります」

「あー、そうね。最近の鯛焼きより『元祖たい焼き』はサクッ、パリッだったよね」

「そうですね。『元祖たい焼き』では生地に砂糖は使っていませんでしたから。その分、洋菓子の生地よりも練って粘りを出していました」

「へえー、そんなことよく知ってるね。あの店があったときだと、君まだ小さかっただろうに」

「それくらい、しょっちゅう通っていましたから」

二人だけで進んでいく会話を、久美はぱちぱちと目をしばたたかせて見ていた。共通の話題を持っている人たちが、自分が知らないことを目の前で喋っているのは物悲しいものがある。意図せずして仲間外れにされたようで、少ししょんぼりしてしまう。

泰司がその悲しげな久美の視線に気づいて、説明してくれた。

「野間《のま》一丁目の四つ角のところに鯛焼き屋さんがあるっしょ。あそこね、昔から鯛焼き屋なんだけど、途中で店が変わってるんだ」

「そうなんですか、変わってたなんて知らなかったです」

「最初は『元祖たい焼き』っていう店だったんだけど、店主がじいちゃんで。二十年くらい前に店を閉めちゃったんだ。で、店の形はそのままで看板だけ変えてまた鯛焼き屋が入ったわけさ。でも、じいちゃんとは縁のない店で味が全然違うの」

「金澤さんは『元祖たい焼き』の方がお好きだったんですか」

「小さい頃から馴染んだ味だったから。そういえば、あのじいちゃんは俺がガキの頃からじいちゃんだったなあ」

「もしかしておじいさんは仙人で、年を取っていなかったんじゃないですか」

「そうかもな、はははは。じいちゃんも酒好きだったから不老不死の酒くらい手に入れてたのかもなぁ」

「じいちゃんも、ということは金澤さんもお酒好きなんですか？」

「だーい好き。好きすぎてレゲエたこ焼き酒場をやってるよ」

「レゲエで、たこ焼きで、さらに酒場？」

「たこ焼きをつまみに飲むわけさ。たこ焼きバーって最近、増えたじゃない。でも、うちはそういうのよりずっと昔からやってるからね」

　二人の会話を聞きながら、荘介は鯛焼き作りを進めていく。


　金型を温めて薄く油をひき、生地を薄めに流す。この時点では生地はまだ金型全体に行き渡らない。生地がこぼれださないように口先や尻尾部分はまだ空っぽだ。

　その生地の中央に黒餡をのせる。いつも店に出す小豆餡を煮詰める手前で分けておいたものだ。他の和菓子に使う小豆餡よりも少しゆるく、水分を多めに調えている。焼きあがったときの皮の内側のもちもち感を際立たせるための工夫だ。

　続けて餡の上から生地をかける。このときに頭から尻尾まで生地が流れ込み、きちんと鯛の形になる準備ができる。

　素早く金型を閉じて火にかける。普段は焼き団子を作っている横長のバーナーに一匹分だけの鯛焼き器がちょこんとのっている様子を見て、寂しそうだと久美は思った。

「焼き型が一つだけなのは、なんだかもったいないですね」

「そうかあ。でも一つしかもらわなかったからな」

「この金型はもらいものなんですか？」

泰司はいい匂いがしてきた鯛焼き器を見つめて、誇らしげに返事をした。

「いや『元祖たい焼き』が閉まるときに売ってもらったんだよ」

「何年も経ってからそのお店を知っていた荘介さんが買うことになるなんて、偶然ってすごいですね」

「そうだなあ。荘介さんはこれを一目見てあの店の型だって見抜いたんだ。運命ってやつを感じたよ」

荘介が鯛焼き器と運命の赤い釣り糸で結ばれている様子を想像した久美は笑顔になって、泰司がつないだ縁をともに楽しむ。

「おじいさんから鯛焼き器を売ってもらっていて良かったですね」

「そうね。残念ながら鯛焼きの味は譲ってもらえなかったけどさ。あの頃は鯛焼き屋に弟子入りするまでの心の準備ができてなかったからね」

心底悔やんでいるといった様子の泰司に久美が尋ねる。

「跡継ぎになりたかったんですか？」

「できたらね。それぐらい美味しかったのさ。荘介さんも同じだよ」

「え！」

素っ頓狂な声をあげて久美は目を丸くした。

「荘介さん、鯛焼き屋さんになりたかったんですか!?」

くるりくるりと鯛焼き器を返しながら、荘介が笑顔で答える。

「そう、できることならね。『元祖たい焼き』の味がなくなるのはそれくらい寂しかったですから」

荘介が『お気に召すまま』の味を変えないのは、その寂しかった経験があるからなのかもしれない。それが意外で久美はぽつりと呟いた。

「荘介さんの夢は、小さい頃からおじいさんの跡を『お気に召すまま』を継ぐことだけだったのかと思ってました」

鯛焼き器を開けて素早く様子を見て、餡が漏れだしそうな部分に生地を薄く延ばしてまた蓋を閉める。くるりくるりと鯛焼き器を回しながら荘介は会話を続ける。

「『お気に召すまま』を継ぐのは、夢というより僕の中では決定事項だったからね。なにがあっても変わることはない。けれど他の職業に憧れることはあったんだよ」

「それでもやっぱり憧れるのはお菓子屋さんなんですね」

「本当にそうだね」

二人の会話を聞いて泰司は楽しげに微笑む。そうこうしているうちに、鯛焼きはこんがりときつね色に焼きあがった。皮はパリッと香ばしそうで、ところどころに軽い焦げ目がついている。どこをとっても立派な一本釣りの鯛焼きに仕上がった。

「さて。金澤さん、味見してみてください」

「俺だけ？　みんなで食べようよ」

その言葉に久美は内心で喜びつつも無表情を崩さぬよう気をつけたが、その努力は荘介にはまるっきりお見通しで、くすくすと笑われた。

泰司もそこに気づいて、わが子を見るような目で久美を見つめる。久美は自分がおもちゃにされたようで、仕事用の笑顔を浮かべはしたが内心ではむうっとむくれた。

焼きたての鯛焼きは荘介の手で三分割にされた。皿にはのせず、昔ながらの蝋引きの茶色の包み紙でそれぞれの部位を挟み、手渡す。

「この薄っぺらい紙、最近の鯛焼き屋では見ないなあ。今は厚手のきれいな白い紙袋だよね。ぺら紙を今でも使っているのは、夜店のイカ焼き屋くらいじゃないかね」

「どこかの鯛焼き屋さんにはあるのかもしれませんが、僕も探したことはないです」

泰司はしみじみと鯛焼きの頭を眺めてから、大きく口を開いて食らいついた。目を見開いて噛みしめて、じわじわと笑顔になる。

「そうそう、この味だ！　懐かしいなあ。荘介さん、よく覚えててくれたねえ」

荘介は齧っていた尻尾を飲み込んでから答えた。

「それが僕の仕事ですから」

二人が和気あいあいと思い出の鯛焼き屋の話をするのを、久美はまたぼんやりと聞いていた。

渡してもらった、黒餡がたくさん詰まったお腹の部分はとても食べごたえがある。餡はいつも『お気に召すまま』の和菓子に使うものよりはるかに甘くしてあり、たまに砂糖が口の中でじゃりっという。だが甘ったるいということはなく、皮や餡とはまた違った食感が楽しめる贅沢さが嬉しい。

金型の鯛のお腹をじっと見ると、背びれにも尾びれにも細い線がたくさん伸びていて、一般的な鯛焼きよりも模様が細かく繊細な感じがする。その模様はまるで遠い日の思い出のように消えることなく刻み込まれていた。

荘介と泰司は『元祖たい焼き』のつきない思い出をまだまだ語りあっている。久美はぼんやりしたまま視線を向けた。

忘れられない思い出の味というものが久美にはない。もし『お気に召すまま』が閉店するようなことになったり、荘介が方針を変えてまったく違う味ばかり作るようになったりすれば、先代から引き継がれた味を懐かしく思いだすだろう。

慣れ親しんだ味がなくなるのは、きっと初めは身を裂かれるように辛いだろう。だが失くしたものはだんだんきれいな思い出に変わっていくのかもしれない。

そして泰司と荘介が懐かしさを共有して仲良くなったように、人と人を結びつける糸になるのかもしれない。

黙って立っている久美の手持ち無沙汰な様子に、目配りが利いた泰司が気づいて笑いかけてくれた。

「若い人は知らないかなあ、『およげ！　たいやきくん』って」

話に参加できることを喜びながら、久美は笑顔で答える。

「知ってますよ。大ヒットした歌なんですよね」

「歌える？」

「いえ、聞いたことはあるんですけど、ちょっと覚えてないです」

「二十代くらいの人でも聞いたことはあるのか。じゃあ、三十代の荘介さんなら歌えるかな」

泰司がにこやかに笑うと、荘介に向きあった。

「僕も歌詞があやふやですね」

「だよねえ。若い人はそうだよねえ。あーあ、本当に昭和は遠くなりにけりだよ」

久美は首をかしげて、泰司のTシャツのボブ・マーリーと見つめあう。

「金澤さんはレゲエ好きですか？」

「もちろんもちろん。レゲエは俺の血液だよ」

パーカーの前をバッと広げてTシャツを見せつける。ボブ・マーリーは魂の歌を歌っているのだろうか、はるかな高みを見つめているような表情をしている。

「それでも『およげ！　たいやきくん』は歌うんですね」

「あの頃の日本人なら歌えて当然。レゲエカバーの『およげ！　たいやきくん』も存在するくらいだから」

「レゲエカバーですか？　すごい。聞いてみたいです」

「聞いて聞いて。今度、貸すよ」

久美と泰司の音楽話の盛り上がりが一段落すると、荘介が久美に昔懐かしの味の感想を尋ねた。

「久美さん、『元祖たい焼き』の味はいかがでしたか」

「とても美味しかったです。今まで食べたことのある鯛焼きとは、皮の厚さから全然違いました。かなり薄くてサクサクで、それでもモッチリとした食感もあるから皮が割れて落ちるようなこともないですし、黒餡がやわらかで伸びがいいから薄い皮でも餡がこぼれることがないんですね」

泰司が勢いよく拍手して久美を称えた。

「すごい！　お菓子評論家みたいだ。久美ちゃんと荘介さんが二人がかりで取り組んだら『元祖たい焼き』を甦《よみがえ》らせて、店を始められるんじゃないかな」

『お気に召すまま』をなにより大切にしている久美は、泰司の言葉が冗談だとわかっていても他の店などいらないんだと反論したくてしかたない。だが、はっきりとそう言えるほど子どもではない。気持ちの扱いに少し困って眉を寄せて微笑む。

「金澤さんは今でも『元祖たい焼き』の暖簾《のれん》の復活を願っていらっしゃるんですね」

「まあ、それは夢ではあるよ。できることなら自分でやりたいけど、鯛焼きを焼く技術はないからね。食べられるだけでも満足だよ。あーあ、誰かがまた作ってくれたらねー。いつでも食べられるんだよねー」

ちらちらと横目で荘介と久美の顔を交互にうかがいながら、泰司は拗ねたような口調だ。荘介が満面の笑みで応える。

「いつでもいらしてください。鯛焼きならすぐに焼きますから」

「でも荘介さんは昼間ほとんどいないんでしょ。だめじゃん」

「う……」

客にツッコまれて、さすがに荘介も次の言葉が出なかった。話をそらすためか「もう一匹焼きましょう」と調理台に向かった。

久美がぽんと手を打つ。

「金澤さんが練習なさって、鯛焼き係としてここで働くというのはどうでしょう」

泰司は職人のように気難しげな表情で考え込む。人懐っこい笑顔はすっかり消えて真剣だ。かなり本気らしい様子に、冗談のつもりだった久美は慌てた。

「あ、でも金澤さんもお仕事あるんですから無理ですよね」

「いや、俺の仕事は夜からだから」

「そうか、酒場ですもんね」

久美は、ハタと動きを止めた。

「たこ焼きと鯛焼き、似てるじゃないですか！　もしかしたらこれは鯛焼きの神様の思し召しかもしれませんよ！　やっぱり金澤さんが鯛焼きを練習して……」

「いやあ、たこ焼きと鯛焼きはかなり違うでしょ。『こ』と『い』が違うってことだけじゃないからね。鯛焼きで酒は飲めないし」

「僕は飲めますよ、鯛焼きをつまみにして」

二匹目の鯛焼きを焼きあげた荘介が、今度は一匹丸ごと紙に包んだあつあつを泰司に手渡した。

「尾頭付きをどうぞ」

受け取った泰司は、じっと手の中の鯛焼きと見つめあう。

「本当に懐かしいなあ。昔もこうやって手渡してもらってさ。俺は気温が下がってくる夕方に買ってたから、寒い季節なんかもう、ありがたかったなあ。あの頃は仕事の行きがけに買ってたからね、小学生に交じって」

「もしかしたら、僕は金澤さんと会っていたかもしれませんね」

「はははは、言えてる」

泰司の笑いはどこか弱々しい。

「こうやって思い出話をしてさ、懐かしの味を食べさせてもらってさ、すごくすごく嬉しいんだけど。あの店先に立てないのはやっぱり寂しいね」

「わかります」

荘介が静かに頷く。泰司はしんみりと鯛と語りあうように言葉をこぼす。

「俺さ、じいちゃんが店の奥に入っていった隙にいたずらしたことがあるんだよ。中学二年生だったなあ。勝手に鯛焼き器をひっくり返したの」

ふー、と悲しげなため息をつく泰司に久美は聞いてみた。

「すごく叱られたんですか？」

「いや、それが全然。じいちゃん、怖い顔して腕組みして仁王立ちなのにさ。『中途半端はだめだ。やるなら徹底的にやれ』って言われて。叱られなかったうえにそんなこと言われちゃって、どうしたらいいかわからなくて逃げだしたんだよなあ」

泰司はそのときの店主の真似なのか腕組みで仁王立ちしてみせたが迫力がない。自分でもそれがわかっているのか、すぐに腕を解いた。

「あのときに逃げずにいれば良かった、なにか教えてもらえたはずだって思ったのは大人になってからさ。俺は逃げ癖があるみたいで、それからもずっとなにもかも中途半端なんだよねえ」

荘介は泰司のTシャツのボブ・マーリーを見つめて言う。

「レゲエは完全に本気のように見えますが」

「それも半端だよ。レゲエにハマって憧れのジャマイカに行って、そこで俺はなーんにもできなかったんだ。ただ観光しただけ。レゲエの精神を魂に刻むとか全然ない」

泰司の寂しさはどんどん募るようで、冴えない表情になっていく。久美はフォローしようと頭をフル回転させた。

「でも、今はレゲエたこ焼き酒場をなさってるんですから、観光も役に立ったんじゃないですか？」

泰司は苦笑を浮かべる。

「まあねえ。俺は生粋の日本食好きで、たこなんか大好物だってことがよくわかったってのは収穫だったかな」

荘介がちゃちゃを入れる。

「鯛も海のものですしね」

「ああ、そうだな。俺はどうやっても海に恵まれたこの町の育ちなんだ。どこへも行かずに腰を落ち着けようって最近は思うし、のんびり暮らすのも悪くないのかもね。相棒がたこなのはちょっと寂しくはあるけどさ」

泰司の手の中で、鯛焼きはほんのりと湯気を上げ続けている。

「この鯛焼きも寂しいだろうな、一匹だけで。本当に全部の金型を買っておけば良かったなあ」

二人が遠い昔に思いをはせている時間を、久美はとても長く感じた。人が深く思い出に浸っているときの空気にそれだにゆっくりと流れていく。思い出に時が未来へ進むのを少しだけ優しく止めてくれる。

だが久美には、二人と一緒に浸れる思い出がない。緩やかな時間をともに楽しむことができない。一つだけの金型で焼かれた仲間のいない鯛焼きの気分は、こんな感じかもしれないなと思う。

そんな鯛焼きははたして美味しいのだろうか。泰司が口にしようとしている鯛焼きは、とても寂しい味ではないだろうか。

「鯛焼き、たくさん焼きましょう！」

久美が明るい声で提案すると、泰司もぱっと笑顔になった。

「そうだね。一匹ずつでも何度も焼けば……、荘介さんが大変かな？」

荘介は軽く会釈して胸を張る。

「当店ではお菓子のことでしたら、どんなご注文もお受けいたします」

この店のモットーを堂々と言いきって、荘介は鯛焼き増産に取りかかった。

思い出の鯛焼きは皮が薄いので焼きあがりも早い。鯛はぽんぽんと小気味良く増えていく。その光景はわくわくして童心に返るようなものだった。

増えていく鯛を見て、泰司は満足げに頷く。

「やっぱり荘介さんに買ってもらって良かった。待っていた甲斐があったよ」

久美が首をかしげる。

「もしかして、他のお客さまには売らずに何年も保管していたんですか？」

「うん。買いたいって言ってくれた人は何人もいたんだけど、珍しいから飾りにしたいとかそういう理由が多くてさ。でも俺はちゃんと鯛焼きを焼くことに使ってほしかったから、値段を五万円まで上げちゃった」

「この金型がうちに来たのは偶然じゃなくて、ずっと守っていた金澤さんの思いが連れてきてくれたんですね」

「そうかもしれないねえ」

考え込む様子を見せて泰司は少しのあいだ動きを止めた。それからしばらく経ち、音楽にのっているかのように頭を軽く前後に振りだした。微笑を浮かべてなにかに納得したようだった。

「運命、ってやつかな。ここがこいつのザイオンなんだ」

「ザイオンってなんですか？」

「本当の帰るべき場所みたいな意味かな。レゲエの歌詞によく出てくるのさ。帰りつくだけが目的じゃなくて、そこを目指すことで本来の生き方をまっとうするって考え方でもある」

「鯛焼き器の本来の役割は間違いなく、鯛焼きを好きなだけ焼けることですもんね。ようやくもとの仕事に戻れたんですね」

「まあ、仕事をさせすぎたら飽きて海に飛び込んじゃうかもしれないけどさ」

「海にですか？」

「『およげ！　たいやきくん』がそういう歌なの」

「鯛焼き器が海に飛び込んだら錆びちゃいますね」

「あ、いや、そっちじゃなくて……」

二人の会話の中心に、荘介がこんがり焼きあがった鯛焼きを差しだした。

「どうぞ、焼けました」

トレーの上には鯛焼きが十四、横一列に並んでいた。

「あー、やっぱり十匹も並ぶと楽しげでいいね」

泰司が素手でトレーから鯛焼きを取って、久美と荘介に手渡しながら微笑む。両手に一匹ずつ、二匹の鯛焼きを受け取った久美も頷く。

「この鯛、普段よく見る鯛焼きより顔がかわいいですよね」

調理台にトレーを置いた荘介が金型を開いて、鯛の顔部分を見せる。

「目がずいぶん大きいからね。位置取りも、かわいい顔の基準を満たすように設計されているみたいですよ」

「ほほう。かわいい顔に基準なんてあるの」

鯛焼きをもりもりと食べながら尋ねた泰司の疑問に、荘介が答える。

「顔が丸くて目が大きく、目鼻口が顔の下半分に収まっているとかわいいと感じる人が多いそうです。赤ちゃんの顔の造りと似ているからでしょうね。ですので、ゆるキャラなどはだいたい丸くて目が大きくできています」

「そうじゃないゆるキャラもいるよね。ヒグマとか瓦とかをモチーフにしてある、特別なこだわりがありそうな思い切ったデザインの」

泰司が言うゆるキャラの名前がパッと出てこず、久美は鯛焼きを齧りながら黙って頷く。荘介がかわいい鯛の金型をバーナーの上にそっと戻した。

「これはもしかしたら『元祖たい焼き』の店主のこだわりで、特注品だったのかもしれないですね」

「そんなこだわりも、なにもかもが店と一緒に消えてしまったんだよなあ。あー、やっぱり店を継ぐべきだったかなあ」

腕を組んで天井を見上げる泰司に、久美は笑顔で話しかける。

「鯛一匹でも保管されていたのにすごいと思います。だからこそ、鯛焼き屋さんのおじいさんがかわいいものが好きだったこともわかったんですから」

　泰司がぷっと噴きだす。

「あの強面《こわもて》のじいちゃんがかわいいもの好きかあ。考えもしなかった。今日、鯛焼きを焼いてもらわなかったら一生知らなかったことだよ。ありがとう、荘介さん」

「とんでもありません。僕の方こそ、懐かしい思い出を形にすることができて嬉しかったです」

　急に真面目な顔になり、泰司は静かに尋ねた。

「なあ、荘介さん。この鯛焼き器、これからも店で使ってくれる？」

「鯛焼きのご注文があれば」

「店の定番商品には？」

「鯛焼きは焼きたてじゃないと美味しさが半減しますから」

「いつも店にいて焼いてよ」

　荘介は静かに首を横に振る。

「焼けていく姿を目の前で見るのが楽しいと、金澤さんがおっしゃっていたでしょう。僕も同感ですが、ここでは鯛焼きの楽しさをお客様に伝えきれません。注文のたびに厨房に入っていただくというわけにもいきませんし」

泰司は店舗と厨房を隔てる壁を眺めた。そう厚くはない壁なのに、一枚あるだけで店舗と厨房はとても遠く感じられる。

「俺の店さ、最近ようやく満足できる店にできたんだよね。もっと早く、じいちゃんが生きている間にできてれば、鯛焼きも焼けるようになってたかもしれないのにな。今さらだよなあ」

泰司はしょんぼりと肩を落とす。荘介は泰司の視線を追いながら考えを口にする。

「満足できるようになったというのは、これから新しいことを始めるタイミングなのかもしれませんね。この鯛焼き器がまた新しく使われて時代を超えたように、丁寧に保ち続けたものはいつかまた目覚めのときを迎えるものなのでしょう。金澤さんの気持ちも同じなのでは？」

泰司はまだぼんやりと壁を見つめていた。

「……教えてもらおうかなあ」

久美も同じように壁を見つめていたが、泰司の方にくるりと顔を向けた。

「なにをですか？」

「鯛焼きの焼き方。うちの店ならお客さんの目の前で焼けるし、たこ焼きと鯛焼きは『こ』と『い』の違いだけだしさ。買ってもらってすぐで悪いんだけど、鯛焼き器を買い戻してもいいかなあ。それと焼き方も教えてほしいんだけど、どうかな」

「もちろん、大歓迎です」

「へへへ、ありがとう」

荘介は嬉しそうに鯛焼き器の手入れを始めた。

「ではすぐに金型を準備しますので、どういう鯛焼きにするか考えてみてください」

「そうだね、どうしようかな」

明るく軽く返事をした泰司に、久美が尋ねる。

「懐かしいお店の味を作るんじゃないんですか？」

「もう、懐かしい味はこの店に帰ってきたからさ。ここが『元祖たい焼き』のかわいい鯛のザイオン。俺はその先を目指すのさ。新しい魂を歌うんだよ」

泰司は音楽を聞いているかのように体を揺らす。

「金型が一丁だけで他のお客さんを待たせるわけだから、スペシャルなものがいいよねえ。餡が百色あるとか」

「百色も？　たとえばどんな色ですか」

「夕暮れ時の柿の色とか」

「うーん。風流ですけど、それって普通のオレンジ色とどう違うんですか？」

「柿餡を使うわけ」

鯛焼き器に薄く油をひき終えた荘介が、笑顔で賛同する。

「柿餡は楽しいアイデアですね。金澤さんは発想力がすごい」

「そう？　へへへ、本職に褒めてもらっちゃった」

三人はあれこれと百色に近づけるべくさまざまな色をあげていく。桜色や鶯色《うぐいすいろ》など既に餡として使われているものから、石竹色《せきちくいろ》や憲法色《けんぽういろ》など聞いたこともないような名前も飛びだしてくる。

果ては店舗に移動して、店のパソコンで色名辞典を検索しだした。灰汁色《あくいろ》、薄縹色《うすはなだいろ》、牡蠣色《かきいろ》など、名前だけではどんな色味か久美にはさっぱりわからない。

「牡蠣色って、餡にするなら粒のままの牡蠣を入れるんでしょうか」

「それいいね、甘くない鯛焼き！　酒に合うよ」

泰司はウェブで検索した色辞典の中から、食べ物の名前がついた色名をピックアップしはじめた。久美は早口で読み上げられるそれらをメモしていく。オリーブ色、メロンイエロー、サーモンピンク、ピーチ、オレンジ、アプリコット……。食べ物の色名が並ぶメモ紙を見ていると、鯛焼きを食べたばかりなのにお腹が空いてくる。

「でもやっぱり黒餡に欠かせないね」

久美が書いたメモを受け取りながら泰司が尋ねる。

「ここでは黒餡の販売ってしてる？」

「はい、ご注文いただければご用意いたしますけれども。金澤さんは餡からは作らないんですか？」

「本職の人が作ったものの方が美味いに決まってるもの。それに、自分の店で焼くにしても、俺は荘介さんが焼いてくれた昔懐かしい『元祖たい焼き』の味も食べ続けたいからさ、餡は譲ってほしいんだ」

恥ずかしそうに「ははは」と小声で笑う泰司のはにかんだ様子が、その味と店の思い出をどれだけ愛しているのか如実に表していた。

どれだけ時間が経っても忘れられない味、忘れられない店、その店の人。そんな愛された店が世界にはどれだけあるのだろう。道行く人の心の中にどれだけしまわれているのだろう。

『お気に召すまま』も先代の時から多くの人の心に残っていると、常連客は語る。幼い頃からずっと変わらずにここにあって、これからも変わらない。そんな安心感がこの店にはあるのだと。

その安心感のもとは、荘介が名前も知らない万国のお菓子を作る傍らで、先代の味を守り続けていることが大きな要素になっているように思う。

幼い頃からこの店に通ってきたが、この店に勤めはじめて数年経った今の久美には、もう既に荘介が作るさまざまなお菓子との出会いこそが変わらない毎日なのだった。

そして荘介にとっても久美がいることが、この店の変わらない日々になったのだということも知っていた。若い客にはそれが思い出の味になるのかもしれない。


泰司は荘介の指導を受けて五匹の鯛を焼きあげた。さすがに粉ものに精通していて、生地作りも、生地を鯛焼き器に流す手つきも危なげない。さっそく今日から店で鯛焼きを出すということになり、冷ました金型を久美が準備した紙袋にしまった。

「じゃあ、これ。返金するね」

泰司はポケットからお金を出して久美に渡した。久美は満面の笑みで受け取り、さらに小首をかしげて尋ねた。

「今日は黒餡はよろしいんですか？」

泰司は「ぷふっ」と噴きだす。

「商売上手だねえ。でも今日は初日だから、たこ入りだけメニューにのせようかと思ってるんだ」

「たこ鯛焼きですか？　それとも鯛たこ焼きですか？」

「どっちにしようかな」

カランカランとドアベルを鳴らして荘介が開けたドアをくぐりながら、泰司はまた音楽にのっているかのように頭を揺らす。

「デビルフィッシュ焼き、なんてどうだろ」

泰司の問いかけに荘介は曖昧に頷いて見せたが、久美は素直に首を横に振る。

「デビルフィッシュって、たこのことじゃないですか。それじゃ英語で言っているだけで、意味はただのたこ焼きですよ」

「じょ、冗談だよ」

泰司は紙袋を抱え直すと、そそくさと歩きだした。その後ろ姿を見送って、久美は鯛焼き器との別れを惜しんでいるような荘介の横顔を見上げた。

「荘介さん。鯛焼き器と再会できて良かったですね」

「本当に。まさか自分の手であの味を作る機会がくるなんて思っていませんでしたから楽しかったですよ」

「金澤さんに鯛焼き器を返しちゃって良かったんですか？　もう思い出の味を焼けなくなっちゃいましたけど」

荘介はドアに嵌《は》まったガラス窓から店内を覗き込んで、少し寂しげな笑顔を見せた。

「金澤さんもおっしゃっていたけれど、やっぱり鯛焼きはお客様の前で焼かないと楽しくないよね。作る方も、買う方も」

「『元祖たい焼き』のおじいさんも同じように思っていたでしょうか」

「もしそうなら、その気持ちも受け継いでこその跡継ぎかもしれない。それは金澤さんに任せるよ」

鯛焼き屋のおじいさんの思い出は泰司がしっかりと引き継いだ。これでまた『元祖たい焼き』は息を吹き返した。思い出だけでなく確かな味として生きていく。

久美は『お気に召すまま』の看板を見やる。この店のことを消えてしまう思い出にはしたくない、絶対に。先代のことも荘介のことも自分のことも、この店の時間をともに刻み続ける来店客のことも、なにもかも伝えていきたい。次の時代に。

荘介は久美のためにドアを開けた。

「跡を継ぎたいって言ってもらえるほどの味を作れたらいいよね」

久美は不思議そうに荘介を見上げる。

「荘介さんの味なら誰でも継ぎたいと思うんじゃないでしょうか」

心の底からそう信じて疑わない久美の言葉を聞き、荘介は嬉しそうに照れ笑いを浮かべて話を変えた。

「思い出の味の鯛焼きが食べたくなったらいつでも、金澤さんに焼いてくれるようにお願いしようね。思い出の基本の黒餡から全部ちゃんと作ってもらって」

店に入りながら、久美はうふふふと笑う。

「猛特訓をするんですね？」

「そう。今度は小豆の扱いも覚えてもらいますよ」

教師としての荘介が割とスパルタ式であることを知っている久美は、これから始まる泰司の苦労を思いやってクスリと笑った。

目指せ！　マイスター！

「まいどー！」

カランカランとドアベルが鳴ったのとほぼ同時に、道場破りのような大きな声をあげ段ボール箱を抱えた安西由岐絵《あんざいゆきえ》が入ってきた。

由岐絵のパワフルさに慣れっこの久美は、いつもどおりの笑顔で「配達ありがとうございます」と言ったのだが、運悪く居あわせた年若いエプロン姿の女性はビクッと肩を震わせて由岐絵を凝視する。

「あら、すみませえん。怪しいものじゃないんですよ。お買い物ごゆっくり楽しんでくださいねー」

由岐絵の作り笑いに女性は引き攣《つ》った笑顔を返した。彼女のショックを和らげようと久美が優しく問う。

「お菓子はご入り用ですか？」

だが女性は「いえ、いいです」というささやかな呟きを残し、急ぎ足で出ていった。

「あ〜あ、営業妨害してしまった。ごめーん、久美ちゃん」

「大丈夫です。宅配のお弁当屋さんだったんです。いかがですかーって言われたんですけど、私は外食派なんでお断りしてたんですよ」

「あ、そうなんだ。最近のお弁当屋さんは美味しいらしいねえ。うちは店と家が合体してるからさ、昼なんて残り物を漁《あさ》るくらいで。お弁当には縁がないなあ」

由岐絵のためにお茶を淹《い》れてやりながら、久美は肩をすくめる。

「荘介さんなら毎日お昼は厨房でごそごそしてるから、お弁当を頼んでもいいとは思うんですけど」

「いつも午前中いないから買えないね」

「そうですよねー。たまになにかに夢中になって、私のお昼休みにも交代しに帰ってきてくれないこともありますもん」

「薄情な男だよ」

「本当に。空腹の恨みは恐ろしいって今に教えてあげようと思います」

由岐絵から食べ頃の夏みかんが入った箱を受け取り、厨房まで運んだついでに休憩しようと、久美は自分の分もお茶を抱えてイートインスペースの一席を占領する。

店の隅のイートインスペースには、飾り気のない二人掛けのテーブルが二つ並んでいる。先代から使い続けているがどっしりした頑丈な造りで少しもへこたれず、今も由岐絵の大柄な体をゆったりと受け止めている。

「久美ちゃん、お煎餅食べたい」

「今日は試食はないんです。というか、お煎餅は今日の商品ラインナップにもないです」

「じゃあ、カステラ食べたい」

「予約だけでいっぱいで」

「えー。じゃあ、小麦粉食べたい」

「……由岐絵さん、お腹減ってるんですね」

「今朝、寝坊してなにも食べていないのよ。バタバタしてたからおやつもなし。お昼までまだ時間あるし、中途半端になっちゃって。ここなら配達のついでになにか食べられるかなーって」

　荘介の幼馴染みである由岐絵は、この店で使う新鮮な野菜や果物を日々届けてくれる八百屋『由辰《よしたつ》』の女将で、一人で店を切り盛りしている。毎朝夫を仕事に送りだし一人息子を保育園に預けると、あとは八百屋の店先で元気良く呼び込みをしている。

「チョコ食べますか？　コンビニで買ったやつですけど」

「食べる！　久美ちゃんは女神だわあ」

　久美はショーケースの裏に置いているカバンから、「甘さ爆発！」と書かれたチョコレート菓子を取りだして由岐絵に渡す。由岐絵は遠慮なく受け取ると、口をかぱっと開けてチョコレート菓子をぽんぽんと口に放り込んだ。

「んんんっまい！　これ、いいね。空きっ腹に沁みわたるわ」

「ですよね。甘さ強めのお菓子ってパワフルですよね」

由岐絵はうんうんと頷きながら、チョコレート菓子を食べつくしてしまった。

「でもちょっと歯にしみた」

「あら、大丈夫ですか」

「痛いよー、でも甘やかしてくれたら治るよー」

由岐絵は両手で顔を覆って泣き真似をしてみせる。久美が頭を撫でてやると満足したようで、すぐに顔を上げた。

「で、荘介は？」

由岐絵に問われて久美はコホンと咳払いする。

「では、問題です。荘介さんは今どこに？　三択です。一、いつもの放浪。二、珍しく仕入れ。三、びっくりの風邪ひき」

「え、まさか三？」

「ブー！　ハズレです。それだったらお店はお休みになっちゃいますよ」

ショーケースいっぱいに並んだお菓子たちを見て、由岐絵は頷く。

「そりゃそうよね。じゃあ、正解は？」

久美は嬉しそうに指を四本立ててみせる。

「答えは四、驚きの試作品製作中でした」

「なんだって、荘介が働いてるだってえ？」

ガタンと椅子を鳴らして由岐絵が立ち上がった。そこに不満げな顔をした荘介が厨房から出てきた。

「うるさいよ、由岐絵。僕はいつも働いてるよ」

「嘘つけ！　真面目なふりして厨房でなにか悪だくみしてるわね？」

「あんまり失礼なことを言っていると、試食させてあげないよ」

由岐絵を軽くいなすと、荘介は久美をちょいちょいと手招いた。久美はちょこちょこと荘介のあとにくっついて厨房に入る。さらにそのあとを由岐絵が追う。

調理台の上には、できたばかりの試作品が大量にずらりと並んでいる。

「完成ですか？　博多水無月《みなづき》」

博多水無月は、博多の和菓子店が期間限定で発売するお菓子だ。

六月末に各地の神社で行われる夏越《なごし》の祓《はらえ》という神事のあとの邪気払いに、また暑気払いとしてもこのお菓子を食べるという風習にのっとっている。

ワラビと小豆を使って笹で巻くというところだけが決められていて、それ以外の作り方は各菓子店が自由に創作していく。『お気に召すまま』でも毎年、新商品を準備して販売しているのだ。創意工夫に余念がない荘介が作った博多水無月は、どれもそれぞれ形も味もとりどりに変えてある。

「今年は、店に置くのは一種類にしようかと思ってるんです」

「たくさん並んでますけど、どれが最有力候補ですか？」

「どれも捨てがたいんだよね」

チョコ菓子を食べてもまだ空腹らしく、由岐絵が口を挟んだ。

「どれでもいいから食べさせて」

荘介は軽く眉をひそめてみせる。

「どれでもいいとは失礼だね。どれも自信作なんだけど」

「だから、どれでも美味しいんでしょ。食べさせろー、食べさせろー」

元気に拳をつきあげる由岐絵に、荘介はお菓子を一つ手渡した。

手のひら大の三角形のういろうの上に小豆粒をぎっしり撒いて固めてあるお菓子を一齧りして、由岐絵は「うみゃあ」と名古屋弁を真似して呟いた。

「ういろうは、うみゃあでかんわ」

「美味しいと言ってもらってるところ悪いんだけど、それ、名古屋のお菓子じゃなくて京都で作られる方の水無月なんだ。材料も製法も見た目も決まっていて、毎年変わらないものが食べられるよ」

荘介はもう一切れある水無月を久美と仲良く分けながら、訂正を入れる。由岐絵はぺろりとお菓子を平らげて、調理台に並んだ他のお菓子の品定めを始めた。

「京都の水無月と博多水無月、ぜんぜん違うわね」

「博多水無月は博多でよく売れるように、ういろうを使わないよう工夫されたものなんだ。京都で修業して帰ってきた職人さんが京都のレシピのままで作ったら、売れ行きが悪かったそうだよ。福岡にはういろうが苦手な人が多いのかもしれないね」

由岐絵は深く頷く。

「味の好みには地域性が出るもん、しかたないわ。それにしてもさ、博多って真似っこものが多くない？」

もちもちといつまでも噛みしめていたいほど美味しい京都の水無月を名残惜しそうに飲み込んでから、久美が尋ねる。

「真似っこものってなんですか？」

「京都の真似っこの水無月ってお菓子を作ってみたり、ドイツの真似っこしたビール祭りをやってみたり……」

指折り数えはじめた由岐絵の手に、荘介が博多水無月の候補作を一つ置いてやる。

「真似っこじゃだめなの？」

「私はその土地独自のものを求めた方が自然な気がするのよ」

由岐絵は手にのったお菓子をしみじみと見つめる。

「よそからなにかを持ち込んだら、今までここにあった昔からのものはどこかへ押しだされちゃうわけじゃない？　絶滅を危惧しちゃうわけ」

荘介は久美にもお菓子を渡してやりながら答える。

「人間は生まれてからずっと、なにかを真似しないとなにもできないよね。みんな最初は赤ん坊なんだから。言葉だってなんだって真似っこしなきゃいけない」

「むー。そう言われたらそうなんだけどさ」

口を尖らせて考え込んでいる由岐絵を放っておいて、久美と荘介は本腰を入れて試作品の検討に入った。

＊＊＊

「宅配弁当、すっごく美味しかったわー」

三日後。昼時に遊びにやって来た由岐絵が、開口一番食べ物の話を持ちだした。

「一個からでも配達してくれるって話だったからさっき食べてみたんだけど、美味しかった。すごいのよお、おかずの種類も多いし野菜たっぷりで新鮮だし、デザートまでついてるの」

感動を反芻《はんすう》しているのか、うっとりと目を閉じている。まだ昼休み前の久美の空きっ腹がぐうと鳴った。

「それに地産地消を大切にしてて、地元の農家と直接契約してるとかでさ。いいことずくめだわよ」

「社会派のお弁当屋さんっていう感じなんですね」

社会派というのが具体的にどんなものなのかはさっぱりわからないながら、それっぽい感想を述べて久美はお茶の準備を始める。

由岐絵は慣れたもので遠慮もなく、そそくさとイートインスペースのテーブルを一つ占領して、ポケットから出したしわくちゃの書類を三部並べて置いた。

「由岐絵さん、それなんですか？」

「『福岡・食の匠プロジェクト』の概要よ」

「大企業みたいですね、プロジェクトって言うと。由岐絵さんが立ち上げるんですか？どんなことをするんですか？」

由岐絵にお茶を出して、久美は書類を手に取った。

「いやいや、私じゃなくてそのお弁当屋さんがね、福岡で食の匠制度を始めましょうっていう趣旨で匠を探してるんだって。で、荘介もどうかと思ってさ」

由岐絵が自分は関係ないことをなぜか得意げに説明する。

二人で頭をつきあわせて書類一枚目にある『食の匠とは』という文章を読んでいると、カランカランとドアベルを鳴らして荘介が放浪から帰ってきた。

荘介が口を開くより早く、由岐絵はテーブルに置いた書類をトントンと指でつつく。

まるで教師が生徒を呼んでいるようだなと久美は思う。

「荘介、社会派になってみない？」

「僕は昔から社会派だけど」

とぼけた調子の荘介に、由岐絵は真面目な顔で先を続ける。

「適当なこと言ってないで、ここに座りなさい。これはチャンスかもしれないわよ」

大人しく久美の隣の席に座った荘介は、「福岡・食の匠プロジェクト」と声に出して読みながら書類を取り上げた。だがすぐに目を離し、久美が書類をぱらぱらとめくっている姿を見て不思議そうな表情を浮かべる。

「久美さん、お腹空いてないんですか」

「ぺこぺこです」

「お昼、行ってきてください」

「ちょっと待った！」

由岐絵が手をつきだして久美を止める。

「荘介、久美ちゃんのお昼ごはんに豆すっとぎを作ってあげなさい」

「突然言われても青大豆の在庫はないし、あっても水戻しに十二時間はかかるけど」

なんの話なのかさっぱりわからない久美は出かけていいのかどうか迷いつつ、ぐうぐう鳴るお腹の音を隠そうと両手をお腹の前で組んでみた。

「これは食の匠プロジェクトへの挑戦よ。のり越えなければならない壁よ」

由岐絵の言葉を無視して、荘介は久美に優しく声をかける。

「久美さん、由岐絵のことは放っておいていいですよ。自分が豆すっとぎを食べたいだけですから」

「嫌だい、嫌だい、久美ちゃんと一緒に食べるんだ！」

わめく由岐絵の駄々っ子ぶりに久美は苦笑いを浮かべて、出かけようと半分移動しかけていたお尻を椅子に収め直した。

「荘介さん、豆すっとぎってお菓子ですか？」

久美に対する荘介の態度はどこまでも優しい。由岐絵に向かうときとはまるで違う笑顔を浮かべる。

「そう、お菓子です。岩手県の北部から秋田、青森辺りで食べられる伝統のお菓子で、もともとは山の神様や豊穣の神様への捧げものだったそうです。今では日常のおやつとしても作られています」

簡単な説明をして由岐絵に顔を向ける。久美に向けていたときの笑顔はすっかり消え去ってしまっている。

「で、作り方は簡単だけど、仕入れから下ごしらえまで青大豆に時間がかかるから今日は無理だよ」

そっけない荘介に向かって由岐絵がまたわめく。

「そこをなんとかするのが、あんたの仕事でしょ」

「仕事じゃないから」

「お菓子屋さんのくせになにを言う」

「お金がもらえない労働は仕事とは呼ばないんじゃない？　由岐絵はどうせただで食べようと思ってるんでしょ」

由岐絵の喉の奥から、うぐ、という妙な音がした。その音を飲みこもうとしているようで口をもごもごさせていたが、パッと目を見開くと両手でテーブルを叩いた。

「物々交換でどうだ！」

荘介は深いため息をつくと、小さく頷く。

「じゃあ、枝豆」

「任せとけ！」

元気良く立ち上がって由岐絵は店を飛びだしていった。

「ごめんね、久美さん。お昼はもう少し待ってやってくれる？」

見ている方がかわいそうになるくらい申し訳なさそうにしている荘介に、久美は空腹を隠して笑ってみせる。

「大丈夫ですよ。でもけっこう珍しいですね、由岐絵さんがあそこまでゴリ押しするなんて。そんなに食の匠制度に関心があるんでしょうか。それともよっぽど私に豆すっとぎを食べさせたいと思ってくれているんでしょうか」

「いや、久美さんを巻き込まないと僕が動かないと知っているから、久美さんにまでわがままを言っているだけだよ」

由岐絵と荘介は幼馴染みの気安さのせいか、お互いに対して少し厳しい。由岐絵にぶうぶう文句やらわがままやらをつきつけられている子ども時代の荘介を想像して、久美はくすっと小さく笑う。その笑顔を横目で見て荘介も同じように笑っている。

「そういえば、青大豆はどうするんですか」

久美が疑問を口にすると荘介は丁寧に説明する。

「枝豆で代用します。地域によって使う材料は少しずつ違うんだ。おやつに豆すっとぎを作るときに、下準備が早く済む枝豆を使うことも多いそうだよ」

そのあとはとくに話すでもなく、しばらく二人は並んでのんびりと座っていた。

しかし働き者の久美はだんだん落ち着かなくなってきた。なにかしなければという使命感につき動かされて、由岐絵を待っている時間を有効活用すべく、荘介がぼうっと眺めているテーブル上の書類をもう一度手に取り読み上げる。

「福岡・食の匠制度の創設目的とは。土地に根付いた伝統の食文化を保存し、次代に残すため消費者に広く伝えることを目的としている。……消費者に伝えるってことは、お弁当屋さんの新メニューにでも使うのかな」

荘介は久美の手許を覗き込んで、プロジェクトを主催している宅配弁当屋の名前を見つけた。

「お弁当のメニューに使えるような食を集めるのが目的なら、料理が苦手な僕では力足らずですが」

お菓子に関してはピカイチの腕を持つ荘介だが、自分でも認識しているとおり、なぜか料理となるとからきしだめなのだ。

「由岐絵さんだって荘介さんの壊滅的なお料理を期待してはいないと思います。ここのお弁当にはデザートまで入っているそうですから、お菓子の匠部門もあるんじゃないでしょうか」

荘介はテーブルに肘をついてのんびりと話す。

「お弁当屋さんがお手本にしている岩手の食の匠には、お菓子専門の人がいるけれど。専門家からしたらデザートに豆すっとぎはないだろうと思うかもしれない」

「豆すっとぎってどんなお菓子なんですか？」

「茹でて擂《す》りつぶした青大豆と、うるち米の粉、砂糖、塩を捏《こ》ねあわせたものだよ。お弁当の最後を締めくくるには少々どっしり感があるように思います」

久美はまだ見ぬお菓子を想像してみたが、青大豆という原材料名のおかげで納豆や豆腐の印象になり、お弁当にぴったり感があるなという感想を抱いた。

「まあ、実際に食べてみないとどっしりと感じるか、あっさりぺろりと感じるかは判断できないですよね。とくに久美さんの場合は」

「それはどういう意味ですか？」

暗に大食漢《たいしょくかん》だと言われた久美は、にっこりとかわいらしい表情を作ってみせる。慌てた荘介は失言をなかったことにできないかと、口をぴたりとつぐんだ。

しばらくそうやって二人で見つめあっていたが、時間が経つにつれて久美の笑顔の迫力は増していく。無言の圧力にいたたまれなくなった荘介は話をそらした。

「そうそう。すっとぎというのは訛ったもので、もとはしとぎという言葉です」

「じゃあ、もともとは豆しとぎだったんですか」

荘介の蘊蓄《うんちく》が好きな久美が表情を和らげた。それを確認してから荘介は軽く頷く。

「しとぎというのは神前に供えるもちのような食べ物全般のことなんだ。豆が入ったものは豆しとぎ、稗《ひえ》で作るものは稗しとぎ。他にもいろいろあるよ」

「穀物だったらなんでもいいんでしょうか」

「お米がとれずに楢《なら》の実などで作っていたところもあるそうだよ」

「楢の実ってどんぐりですよね。どんぐりを食べる神様ってかわいらしいですね」

「熊のような神様かもしれない」

「りすみたいかもしれないじゃないですか」

二人がどんぐりを食べる動物について語りあっているところへ、由岐絵が息せききって飛び込んできた。

「お待たせ！」

両手いっぱいにわんさと枝豆の束を抱えている。

「多すぎ」

荘介は短く言って立ちあがり、枝豆を受け取った。由岐絵は不満げな荘介の言葉をカラカラと明るく笑い飛ばす。

「旬だからさ、たくさん仕入れてたんだ。もりもり食べちゃってよ。で、私の豆すっとぎはどうなって……」

「はいはい、作りますよ」

緑の枝をわさわさ揺らして厨房に入っていく荘介のあとに、久美と由岐絵が続く。

荘介は枝豆の束を三等分して、そのうち一束をピンクのリボンで縛った。

「久美さん。これ、僕の気持ちです。受け取ってください」

そう言いながら荘介が差しだしたリボンつきの束を、久美はうやうやしく受け取る。

「この新鮮な枝豆で美味しいビールを飲むようにというお気持ち、ありがたく頂戴いたします」

「二日酔いにはならないように加減してください」

健康管理について上司命令を受け、久美は敬礼してみせた。二人のやり取りを微笑ましく見つめていた由岐絵が、枝豆を指さす。

「久美ちゃん、枝豆の処理のしかたは知ってる？」

「皮ごと茹でるだけじゃだめなんですか？」

「枝豆って莢《さや》に産毛があるでしょ、ほわほわって。茹でる前に塩もみして産毛を取るのよ。そうしないとちょっと痛いからね」

枝豆の表面を撫でてみると産毛はかなりざりざりした手触りで、なるほど痛いだろうと思うほどに硬い。

「茹でるときは塩を入れてね。お湯に対して四パーセントが美味しいって言われてるのよ。計ってみたらけっこう多めに感じるかも。あとは、茹で終えたらざるに上げてそのまま冷ます。水で冷ましたりすると水っぽくなって美味しくなくなるから」

八百屋の女将であり料理上手な主婦でもある由岐絵の言葉をしっかり覚えるため、ふんふん頷きながら聞いていると、目の前で荘介が今聞いたとおりの下処理をしていた。

三等分した束の一つを豆すっとぎ用に使う。残った一束は物々交換で手に入れた荘介の報酬だ。近々ビールのお供になるのか、お菓子に変身するのかもしれない。

枝豆を枝からハサミで丁寧に切りとり、莢の両端を少しだけ切り落とす。

ボウルに入れた枝豆にたっぷりと塩を振りかけ、両手で揉んで産毛を取る。

大鍋にお湯を沸かして塩を入れてかき混ぜ、莢つきのまま枝豆を投入する。

枝豆が鮮やかな緑色になったら一粒取りだして、適度な硬さを見定めてざるに取る。

うちわであおいで短時間で熱を飛ばす。

「久美さん、どうぞ」

素手で扱える程度まで冷めた枝豆を三つもらい、空腹がピークを超えそうな久美は次々と枝豆を口に放りこんだ。

「かなり硬めですね」

「青大豆の代わりだから早めにお湯から上げました。この枝豆は黄大豆の若い実だからやわらかい。茹ですぎには注意が必要だね」

「枝豆と青大豆って別のものなんですか。黄大豆というのも」

「そう。というか、大豆全般の若い実のことを枝豆と言っているんだ。普段よく見る黄大豆や珍しい青大豆、最近はやっている黒大豆も全部ね。枝豆の収穫用として専用に栽培される品種もあるよ。青大豆は栽培が難しくて収穫量が少ない……」

横から由岐絵が口を挟む。

「蘊蓄はいいから、早く豆すっとぎー」

せっかくの蘊蓄タイムを邪魔されて、荘介はむっつりと黙り込む。

「えっと、荘介さん。お腹が空いたのでお菓子早く食べたいなー、なんて」

由岐絵に気を使って豆すっとぎ作りを催促している久美に枝豆をもう少し渡してやって、荘介は笑顔を取り戻した。

「青大豆の代わりじゃなくてビールのつまみにするなら、もう少しやわらかい方がいいかもしれない。茹でるときに味見して決めてください」

久美は枝豆を食べながら「うふふふふ」と笑う。

「どうしたんですか？」

「荘介さんにお酒のおつまみ指南を受けるなんて『お気に召すまま』にお客さんとして来ていたときは考えもしなかったなと思って」

「それはそうですよ。まだ久美さんは未成年でしたから。でも、一緒にお酒を飲めるようになるまで側にいてくれて嬉しいですよ」

勝手に枝豆をつまみ食いしている由岐絵が、また口を挟む。

「熱々で語りあってないで早く作ってよー」

荘介と語らって由岐絵がいることを忘れそうになった久美の顔が、真っ赤になる。

「あ、熱くないですよ。普通に話してます」

「熱いよお。そりゃあもう、真っ赤なハートが空中に舞い飛ぶくらいに」

「飛んでません！」

二人を放っておいて、荘介は豆すっとぎ作りを再開した。

人肌くらいに冷めた枝豆を莢から出す。

ある程度粒が残るくらいに擂り鉢で粗めに擂る。

粉類を一つにまとめる。うるち米を生のまま粉にした米粉、その米粉の半分量ほどの砂糖、塩はひとつまみ。昔ながらの味を意識してすべて目分量だ。

粉のボウルに擂り終えた枝豆を入れて、よく混ぜる。

ぽろぽろとしたそぼろ状になったらもちもちするまでしっかり捏ねて、ふっくら厚みのある手のひら大くらいの小判型にまとめる。

「出来上がりです」

「え、もうですか！」

「へえー、お手軽」

「青大豆を使うときは豆の下準備もそうだけど、長めに茹でたりアクをとったりする必要があるし、もう少し時間がかかるよ」

荘介は出来上がった豆すっとぎを、拍子木のように切り分ける。久美が準備した三枚の小皿に盛りつけて菓子楊枝をつけた。

「少し時間を置いた方がしっとりしますが、出来立てでも食べられますよ。久美さんはすぐ食べたいのでは？」

「もう、お腹ペコペコです」

久美は由岐絵に皿を渡してから自分用の皿を取り上げ、一切れを大きく開けた口に放り込んだ。

「ん。とってもお豆。爽やかで新鮮な味がします」

「本当に新鮮だね。質のいい枝豆だったから臭みがまったくないし甘い。さすが『由辰』の商品だよ」

荘介に褒められて、由岐絵は得意満面で胸を張る。

「任せといてよ。代々、目利きは一流だからね」

小鼻を膨らませた自慢げな表情で、由岐絵もお菓子を頬張る。

「これが豆すっとぎなのかあ。使ってる砂糖の量を見たらもっと甘いのかと思ったけど、食べたら甘さ控えめで上品な口触りだわ」

久美も頬張った豆すっとぎを飲み込んで同意する。

「米粉も加熱しないでそのままでしたけど、かなりなめらかですよね。そこに枝豆のつぶつぶが残ってるから食感が楽しいです」

上々の感想に満足して、荘介が久美に尋ねる。

「焼いても美味しいですが、食べますか？」

「食べるとも！」

「由岐絵に聞いたんじゃないよ」

美味しいという言葉に素早く反応した由岐絵に素っ気なく言ってから、荘介は久美に向きあう。久美は由岐絵からの熱い視線と荘介のもっとお菓子を作りたいという気持ちに応えるべく、二人から期待されているとおりの返事をする。

「もちろん、いただきます」

荘介はにこりと笑ってコンロに向かい、小ぶりなフライパン二つを火にかけた。

片方は切りわけた豆すっとぎを素焼きにして、もう片方はたっぷりのバターを絡めながら焼く。久美と由岐絵は胸いっぱいに香りをかいだ。

「ふわあ、バターのいい匂い、たまりません」

「バターで甘いものを焼く匂いって至高よね」

「ロマンです」

女性二人がうっとりとフライパンを見つめながら鼻を動かして匂いに夢中になっている間に、バター焼き豆すっとぎはすぐに出来上がった。

「熱いですから気をつけて」

荘介に注意はされたが由岐絵はバターの香りにあらがえず、大口でまるまる一切れを口に放り込んだ。

「むふーん！」

由岐絵が熱さに悶絶する。久美から水が入ったコップを手渡されたが、水を口に含むことなく気合で熱さをのりきった。

「すっごく美味しい」

涙目ながら力強く発された由岐絵の感想を聞いて久美はごくりと唾を飲み、バター焼きの一切れを慎重に口に運んだ。

「ふわあ、もっちりしてる。それに温まったから甘さが増してバターと絡みあって、これは山の神様も大喜びですよ！」

「自由の女神も裸足で駆けてくる美味しさよね」

大好評のバター焼きはぺろりとなくなり、次いで焼きあがった素焼きの豆すっとぎが皿に盛られた。こんがりとした焦げ目から香ばしい匂いが立ちのぼる。由岐絵はこれも果敢に一口でいってしまった。

「あ、バター焼きほど熱くない」

落ち着いて嚙みしめながら呟く。久美も安心して頰張った。

「枝豆が焼かれた香ばしさが美味しいです。温かいから甘さはやっぱり増してるんだけど、お菓子っぽさが和らいでいますね。ちょっと甘い枝豆ごはんみたい」

荘介も素焼き豆すっとぎを味見しながら頷く。

「バターだと豆すっとぎの表面がとろけますが、素焼きだと硬く締まります。嚙みごたえが出る分、食事感が出るんだろうね」

うんうんと久美は満足げに頷き、かなり量のあった素焼き豆すっとぎを、空腹に任せてほとんど一人でたいらげた。

「東北は美味しいですね。あれ？」

久美がかくんと首をかしげる。

「由岐絵さん、東北地方のお菓子を試作するっていうことは、『福岡・食の匠プロジェクト』は福岡のお料理を募集しているんじゃないんですね？」

「うんにゃ。今回の募集は福岡の食に詳しい人だよ。でもね、食の匠っていう制度が岩手県の真似っこなのさ」

久美は頬に人差し指をあて、眉をひそめて考え込んだ。

「岩手の食の匠制度を福岡でも始めようっていうプロジェクトなんですよね。それでなんで福岡のものじゃない豆すっとぎを試作したんですか？」

「私が食べたかったからです」

由岐絵が豊満な胸を張った。呆れ顔の荘介がそっと首を横に振る。

「久美さん、深く考えたら負けです。由岐絵は本能だけで生きています」

「失礼な。私だって沈思黙考《ちんしもっこう》してるわよ。食の匠について調べたし、そのときに豆すっとぎについても知ったし、アカデミックな興味から食べてみたいと思ったわけだし」

答える荘介の視線は冷たい。

「沈思黙考したなら、青大豆を仕入れてからお菓子の依頼をしてくれるかな。豆すっとぎを知ってすぐに駆けだしたりしないで」

食の匠制度がなにかを調べていたときに岩手のお菓子に興味を持ち、その瞬間に『お気に召すまま』にやって来たことを見抜かれて、由岐絵は「う」と唸った。

「えっとでも、由岐絵さんのおかげでまた一つ知らなかったお菓子を食べられて私は嬉しかったです」

「久美ちゃーん、あなたはなんて天使なのー」

久美に抱きつこうとしている由岐絵の前に立ちふさがって、荘介は久美を守るための鉄壁のかまえを見せた。

「豆すっとぎを食べて気が済んだなら帰って仕事をしたら？」

「荘介に仕事しろとか言われたくない！」

心からの叫びをあげて、由岐絵は自分で自分を抱きしめる。

「それと、私も久美ちゃんといちゃいちゃしたい！　われわれはー、久美ちゃんの即時解放をー、要求する！」

一人でシュプレヒコールをあげた由岐絵に荘介は冷たい一瞥をくれた。

「あげない」

「荘介の意見は聞いてない。久美ちゃんは私と荘介、どっちを取るの！」

「えっと……」

久美は荘介の陰からそっと顔を出すと、荘介のコックコートの袖口を引っぱった。

「久美ちゃんの正直者ー」

泣き真似をしながら厨房を出ていった由岐絵は、イートインスペースのテーブルに置きっぱなしだった『福岡・食の匠』についての書類を持ってすぐに戻ってきた。

「で、これ」

由岐絵は何事もなかったかのように、書類をめくりながらプレゼンを始める。

「今日の主題はこれよ。荘介、あんた食の匠制度に登録しなさい」

お菓子作りを強要した上にまだ次の要求をつきだす由岐絵の押しの強さに、荘介はうんざりとため息をつく。

「匠を紹介した人になにかプレゼントがあるわけだね」

「お弁当屋さんの食券、なんと半年分」

「僕じゃだめだよ」

あっさりと拒否されて、由岐絵は不満げに口を尖らせた。

「なんでよ。福岡伝統のお菓子を知らないわけじゃないでしょ。博多水無月だってやたらにたくさん作ってたじゃない」

「募集しているのは地域の伝統を受け継いで、次代につないでいく人だよ。知っていて作れるだけではだめでしょう。岩手の『食の匠』には細かい規定がいくつもある。参考にしているなら福岡のものにも制限はつくんじゃない？　それに味の継承だけでなく、地元農産物の生産を増やすとか地域活性化とかも念頭に置いているんでしょう。目的は一つじゃないんだ、お菓子を作るだけじゃない」

由岐絵は不思議そうな顔をする。

「荘介だって地元の食材を使えばいいじゃない。それに地元の人と交流するのも好きだし。そもそも先代から受け継いだものを伝えたいと思うでしょ」

「僕が祖父から受け継いだのはドイツ菓子だよ。それはなにがあっても間違いなく伝えていくつもりだけどね」

荘介が言っても由岐絵は諦めきれないようで「そりゃあそうだろうけどさあ」と独り言のように言う。何度も「そうだろうけどさあ」と言いながら考えをまとめて、ポンと手を打った。

「ここから新しく伝説を始めればいいじゃない！　ザ・『お気に召すまま』伝説よ。福岡の伝統になるお菓子を作って伝承するの」

久美がそっと由岐絵を諭《さと》す。

「由岐絵さん、それこそ趣旨が違っちゃってますよ。新しいものを作りだすんじゃなくて今まで伝わってきたものを残すんですから」

由岐絵は「うー」と言いながらまだ粘る姿勢を見せた。荘介は背筋を伸ばしてきっぱりと言い渡す。

「僕が今までもこれからも作りたいのは誰かが食べたいと言ってくれるお菓子だよ。注文によっては伝統に反する作り方をすることもあると思う。一回限りの新しいお菓子を作ることもある。それが僕が目指すところだし、ドイツ菓子以外に次代に渡せるものがあるとしたら、どんなお菓子も作りたいと思うわがままな気持ちだけだよ」

荘介の固い意志を見て由岐絵はやっと諦めた。それでも文句だけは言いたいようで、

「荘介の頑固もの」とぼそりと呟く。

「頑固は祖父から受け継いでいるからね。先祖代々続く我が家の伝統だよ。それも次の世代に伝える予定」

「ちぇー。しかたないなあ。それじゃ帰るわ」

のそのそと厨房から出ていこうとして、由岐絵はふと足を止めた。

「頑固もいいけどさ。あんまり頭の固いことばっかり言ってると、次代に継がせるときに苦労するかもよ、久美ちゃんが」

「え、私ですか？」

突然に話に巻き込まれて、久美は目をしばたたいた。

「豆すっとぎ、ごちそうさまでしたー」

手を振り出ていく由岐絵に、にこやかに手を振り返した久美は荘介を見上げる。

「由岐絵さんが言ったのは私も頑固だっていう意味でしょうか」

荘介はふっと笑い、久美の頭をぽんと撫でた。

「頑固は僕に任せて、久美さんはいつまでもピュアでいてください」

久美は眉根を寄せて少し考えてみた。

「ピュアって褒め言葉で使ってます？　もしかして子どもっぽいと言いたいんじゃないですか？」

「そうかもしれませんね」

子どもっぽさをわざと表現するために、久美は唇を尖らせてみせる。

「これからどんどん変わっちゃいますから、刮目《かつもく》してください」

「楽しみにしていますよ」

荘介はまた久美の頭をぽんぽんと撫でた。

黄身が知ってる本当の君

無駄だ。

杏子《きょうこ》は肩を震わせながら、ボウルの中の卵黄をかれこれ十分は凝視している。いや、もしかしたらそれ以上かもしれない。とにかくじっと見つめ続けている。

この卵の黄身がとてつもなく無駄だ。無趣味だった二十数年の人生にさよならして、趣味を持つなら、大好きなロリータ服に似合うような優雅なものにしようとスイーツ作りに挑戦しはじめた杏子は、今日もお菓子の本を開いたのだ。


基本のクッキーのレシピ。

『材料：薄力粉　ベーキングパウダー　砂糖　卵黄』

ここにも卵黄。

カスタードクリームのレシピ。

『材料：牛乳　バニラビーンズ　砂糖　卵黄　薄力粉』

そこにも卵黄。

サブレ生地のレシピ。

『材料：薄力粉　バター　粉砂糖　卵黄』

どこにでも卵黄。

卵黄。卵黄。卵黄。卵黄。

世の中はなぜこんなにも卵黄であふれているのか。なぜ人は卵黄を欲するのか。

杏子は卵黄など必要としたことはない。杏子は卵白が大好きだ。作りたいお菓子には愛する卵白が大量に必要だ。すると卵黄が残る。卵白の量と比例して大量に。

杏子がお菓子の頂点に君臨する美味しさと思っているのは、ラング・ド・シャ。猫の舌という名前の薄焼きクッキーだが、そのレシピでは卵白ばかりをたっぷり使う。

生地はバターに砂糖、卵白、小麦粉を順に擂りまぜていくというとてもシンプルなもので、初心者の杏子もまあまあ美味しく作ることができる。問題は卵黄が大量に残るということだけだ。

もちろん、残った黄身を捨てるのはもったいないし、地球にだって優しくない。そんなことは杏子にもわかっている。だから黄身ばかりを使うお菓子も作る。だがそれは本末転倒ではないかと思うのだ。

好きなお菓子を自分が食べたいタイミングで作れるのが、お菓子作りを趣味にした者の幸せではないのか。それなのに卵黄が残るために、とくに食べたいと思ってもいないお菓子を作るのは、趣味ではなく労役にあたるのではないだろうか。

「うううううううう……」

意味のない音を口から発して、杏子は猛烈な勢いで卵黄を混ぜはじめた。

どう考えても、どれだけもやもやを持てあましても、結局、今日も杏子は卵黄をお菓子にして処理するしかないのだった。

「というわけなのです」

卵黄を消費するために黄色いクッキーをどんどん作るのだが、食べるのは杏子一人だけで、数日経ってもほとんどなくならない。杏子は真っ白なラング・ド・シャならもり食べるが、卵黄ばかりを使ったシンプルなクッキーには正直なところ、うんざりしていた。

女子会という名の飲み会に出席することも最近は減っていたが、お菓子作りを始めてからは女子の集まりはありがたかった。とくにそれがロリータカラオケ会――通称ロリカラ会ならば、心が弾むというものだ。

ロリータファッションに身を包んだ杏子は、自作のクッキーをテーブルに置いた。

「クッキーが嫌なら卵黄だけを焼いて食べれば？」

マリィに言われて、今はアンというロリータネームの杏子はそっとため息をつく。

「私は卵黄が好きではないの。マリィはゆで卵は白身と黄身、どちらが好き？」

「どちらかなんて考えたこともないわ。だって卵は白身と黄身、二つで一つでしょう。なあに？　アンは白身だけ食べて黄身は残しているの？」

「実家にいるときは母と分けあっていたのです。母が黄身好きだから」

「そう。甘えんぼさんね」

マリィはクッキーを口に放り込んでもしゃもしゃと咀嚼《そしゃく》しながら「黄身を味噌漬けにしたものも美味しいわ」と言ったが、杏子は眉を顰めて首を横に振った。

「アンちゃんは昔から変なところにこだわるわよねえ」

エイミはダイエット中だと言って、クッキーから目をそらし続ける。本当はスイーツに目がないのだが、片思い中だとかで美の追求に妥協がない。スイーツから目を離すためにカテキケに集中して、先ほどから三曲続けてマイクを手放さずにいる。

今日のクッキーは残ってしまって、家に持ち帰ることになりそうだ。ああ、本当になんで卵は卵白だけじゃないいんだろう。

「はあ……」

杏子がこぼした深いため息は、エコーがよく効いたエイミの歌声にかき消された。

去年はこのロリカラ会も出席者が十数人はいたものだが、今では三人だけ。大学を卒業して就職すると、みんなロリータファッションからは遠く離れていってしまった。白、ピンク、パステルカラー、彩り豊かで優しい手触りのお洋服たち。それを捨ててどこか遠くへ行ってしまった。

どうしてこの世には無駄な社会通念が多いのか。着たい服を着て、したいことをして、ロリータとともに生きるありのままの自分で居続けることができないのか。

仕事を始めたばかりの頃は杏子もその社会通念に支配されて、流されるままにロリータ服をすべて処分しようと思った。社会人になったら、ジャケットとタイトスカートとローヒールのパンプスに身を包むのがあたり前なのだからと。だが、いざ捨てようと手に取ると、かわいくてかわいくてとても手放すことなどできなかった。

フリルとリボンがたっぷりのワンピースは、チュールのパニエをはいてふわりと膨らませる。ゆるいウェーブの明るい茶色の髪にコサージュ付きのヘッドドレスをつければ、日々の仕事に追われて疲れた杏子ではなく、愛に満ちあふれたアンに戻れる。

ロリータこそが杏子の安らぎであり、自分が自分でいられる世界だ。ロリータがなくては生きていけるわけがない。だが年齢を重ねていけば、いつかはロリータ服が似合わなくなる日が必ず来るだろう。そう思うと気が気ではない。

趣味を作ろうと思ったのも、来たるべきロリータとの別れに耐えるための緩衝材になればと思ってのことだった。

就職してから数年経った今も、自分にとってスーツとは、この世界に不必要な無駄なものでしかない。だが仕事を捨て、ロリータにすべてを捧げることもできない。

杏子は中途半端な気持ちのまま自分をごまかし続けて生きていた。


ロリカラ会も終わり、真っ白なレースの縁飾りがついた日傘をさして歩いていると、ぽつりと雨滴が日傘にあたった。見上げるといつの間にか雨雲が広がっていて、強い雨が降ってきそうな空模様だった。

「いやだ!」

晴雨兼用ではない日傘に水は厳禁。すぐにも屋根のあるところへ避難しなければ危険だ。いつも通る道から外れて、商店街の軒づたいに帰ることに決めた。

普段の買い物はスーパーで済ませるので、肉屋や八百屋を覗くのは新鮮だった。

その覗いた八百屋が激安で思わず足が止まる。露台の上にはぴかぴかの葉物野菜が置かれ、青々と爽やかだ。種類豊富に並ぶ果物も色鮮やかで、旬のスイカの縞模様もくっきりしている。

その中で、ぴかぴかでつやつやの大きなロメインレタスが二株で百円と書いてあるのに目が留まった。ロメインレタスは杏子の大好物だ。いくらあってもぺろりと食べてしまえる。

「ください！」

思わず叫んでしまってからハッとした。このお洋服で白いビニール袋をぶら提げるなんて、ロリータを精神的支柱にして生きている自分にはありえない。どうして今日に限って、かわいいショッピングバッグをカバンに入れてこなかったのか。

「まいどー」

だが八百屋の女将は既にロメインレタスを袋に入れてしまっていて、杏子はおずおずとお財布から百円玉を取りだした。

白いレースの手袋と白いビニール袋。色は合っている、きっと大丈夫だ。そう言い聞かせようとしても、戸惑った指先が袋を受け取ることを拒否して震えてしまう。

「あ、そうだ。ちょっと待って」

豊満な胸を持つ女将が店の奥に入っていき、紙袋を取って戻ってきた。

「ビニール袋よりこっちの方がかわいいよねー。ドレスに合うわ。はい、どうぞ」

ロメインレタスは、ホールケーキが入る大きなサイズの紙袋に入れられた。白い紙袋の隅に小さく、『万国菓子舗　お気に召すまま』という文字が濃い茶色で印刷されている。上品でとてもかわいい。

「お菓子屋さん……？」

「そう。美味しいわよお。この先の角にあるから、良かったら行ってみて」

女将が指さす先は、商店の庇《ひさし》がなくなる辺りだった。軒先を借りることができない。だが見上げてみてもまだ空はぐずついているだけで、すぐに本降りになりそうでもない。ちょっとくらいの距離なら濡れずに済むだろう。

杏子は日傘をくるくる回しながら、かわいいお菓子屋さんであることを期待して軽やかに歩きだした。

カランカランとドアベルが鳴り、久美はそちらに顔を向けて思わず息をのんだ。店の入り口に全身白いレースとリボンに包まれたお姫様が立っていた。

ロング丈の細身のワンピースの裾がふわりと揺れるのが、夢のように美しい。いわゆるロリータファッションなのだろうが、大人の上品さにあふれている。肩までの髪はゆるく巻かれて、まつげは長くふさふさだ。

お姫様は立ち止まったまま、その大きな目を見開いて店内を見回している。

長い歴史を刻んで深い飴色になった柱、ガラス窓の上部には無花果《いちじく》模様のステンドグラス、壁にかかっている時計もアンティークのねじ巻き式で振り子がのんびり動いている。ショーケースの中には色とりどりのお菓子たち。すべてがきらきらと輝くようにぎゅっと詰まっている。

そのどれもに杏子は目をみはり、ゆっくりとターンしながら店の隅々まで鑑賞した。

「いらっしゃいませ」

久美が声をかけると杏子ははっとした様子で、優しく微笑んだ。

「こんにちは」

杏子は声も優しげで話し方は上品だ。久美はまたうっとりと杏子を見つめる。杏子の手に『お気に召すまま』の紙袋と、そこから顔を覗かせているロメインレタスがあることに目を留めた。

「もしかして、商店街の八百屋さんでお買い物されたんですか？」

杏子は紙袋をちょっと持ち上げてみせて頷く。

「はい。あの八百屋さん、とても良い商品が揃っていますね。それに親切にこちらのお店のことも教えてくださったんです」

久美は八百屋の女将、由岐絵の口コミに毎度ながら感謝して、心の中で手を合わせた。由岐絵はことあるごとに『お気に召すまま』の宣伝をしてくれる。

「ごゆっくりご覧ください」

杏子は優雅に頷いて店内をもう一巡り見渡してから、焼き菓子の棚を覗きにいった。久美はその間にサービスの飲み物を準備する。今日出すのは絶対に紅茶だ。お姫様には紅茶で決まりだ。

「よろしかったらお茶をどうぞ」

丁寧にティーポットで紅茶を淹れてテーブルに運んだ頃には、杏子はショーケースを端から端まで見終えていた。久美の言葉に、杏子が嬉しそうにイートインスペースに近づいてきた。そっと椅子を引いてスカートを指でつまみ、しとやかに座る。

「お姫様みたいですね！」

「え？」

顔を上げた杏子がぱちりと瞬きをする。長いまつげがファサッと動く。つけまつげかと思っていたのだが、どうやら天然のまつげのようだった。

「ワンピース、すっごく似合ってます！　靴も日傘もレースの手袋もすてきです！　お人形さんが動きだしたみたいです」

杏子の動きが止まってしまった。久美は慌てて頭を下げた。

「すみません、突然。あんまりかわいかったから、つい」

「謝らないでください。お洋服を褒めてもらえるのがすごく嬉しくて、固まっちゃっただけなんです」

明るい笑顔で語られた言葉は本心だろう。久美は失礼にはあたらなかったらしいとほっと胸をなでおろした。ただ、かわいいと言ったのは杏子本人のことで、洋服はそのおまけでしかなかったのだが。

杏子は久美が着ている白いシャツと黒のスカートをじっと見ている。

「お店の制服ですか？」

「この服ですか？　自前です。いつもこんな感じのものを着ていますけれども」

「就業規則に服装規定があったりするのでしょうか」

「いえ、そんなきちんとしたものはないんです」

杏子はガタンと椅子を鳴らして立ち上がると、ずずいと久美に詰めよった。

「着てみません？　ロリータ」

「へ？」

押され気味に半歩下がった久美を追って、杏子がもう一歩前に出る。

「絶対に似合うから！　私を信じてロリータ、着ましょ」

「えええええええええ？」

今度は久美が驚きのあまり固まってしまった。杏子は他に客が来ないうちにと、いそいそと自分の服を脱ぎだした。

一枚のワンピースかと思っていたが、じつは何枚も重ね着をしていたようだ。白いブラウスとジャンパースカートの上にレースのカーディガンを着て、ペプラムと言われるエプロンタイプのオーバースカートを重ねている。さらに、白い編み上げのコルセットを服の一番外側にベルト風につけたコンビネーションだった。

杏子は久美のエプロンを剝ぎ取ると、さっとレースのペプラムを久美の腰に巻きつけた。カーディガンを着せて、コルセットでペプラムとカーディガンを覆うようにしてウエスト位置に押しあてる。久美が着ていたのが白と黒のシンプルなデザインの服だったので、レースを足しても大きな違和感はなかった。

「ちょ、ちょっと待ってください」

勢いに押されてろくに抵抗できていなかった久美だが、コルセットのリボンの編み上げに手間取っている杏子の手をやっとつかんで、止めることに成功した。

「私なんかじゃ似合いませんよ」

「なに言ってるの、今の時点で、ものすごくかわいいです。鏡、鏡はありませんか？」

「えっと、洗面所の鏡くらいしか」

「それは顔しか映らないくらいの小さなものですよね」

「はい」

「だめ、全身が見えないとだめです」

喋りながらも手を動かしていたおかげで、杏子はコルセットのリボンを編み終えた。

「じゃあ、写真を撮りますから動かないでください」

大きなリボンがついたカバンからスマホを取りだして久美にレンズを向けたが、一度テーブルにスマホを置いて、自分の頭から髪飾りを外して久美につけた。ヘッドドレスという名前のものだ。レースがついた楕円状の飾りを頭にのせて、両端についているリボンをあごの下で結ぶ。

動くなと言われた久美は大人しく立っていたが、困り果てて目はくるくるとあちらこちらに向けられていた。

「はい、撮りますよ」

ニャーと猫が鳴いた。どうやら杏子のスマホのシャッター音のようだと気づいたときには、杏子は久美の周りをぐるぐると歩き回ってあらゆる角度から写真を撮りまくっていた。ニャーニャーニャーニャーと猫が鳴きまくる。

撮った写真を確認して、杏子はなぜか震えている。

「すばらしいです！　あなた、お名前は？」

「斉藤久美です」

「久美さん！　あなたは逸材です。ぜひロリータとともに歩む人生を考えてみて」

「いや、似合わないから」

「見て！」

杏子が差しだしたスマホの画面には、白い衣装を中途半端に着せられた久美がぼうっと立っている姿が写っている。心配していたほど似合わないということはない。ほっとはしたが、杏子が感激するほどレースが似合うわけでもないと久美は思う。

「ああ、こんなことなら着替えを持ってくれば良かった。ワンピースも着てほしいです。久美さんならオーバーニーソックスもかわいいし、絶対パニエを重ねないともったいないです。久美さん！」

「は、はい？」

杏子は久美の両手を取ってぎゅっと握る。

「お友達になりましょう！」

「はあ」

久美は気の抜けた答えを返すことしかできない。

ぼけっと立っている久美の手を離した杏子は愛らしいカバンから、服装に今一つマッチしない黒い革製の名刺入れをだした。相当に慣れた手つきで名刺を取りだし、久美に手渡す。

先ほどまでのゆったりとした雰囲気は、名刺に吹き飛ばされてどこかへ消えてなくなってしまった。久美は杏子のきびきびした動きと迫力に押されながらも、かろうじて受け取った名刺の文字を読み上げた。

「博多駅前司法書士事務所・毬谷《まりや》杏子……さん」

「ええ。補助者として働いています」

「補助者？」

「司法書士のサポートをする仕事です。お役所回りなどを……、ああ、今はそんなことどうでもいいわ。久美さん！　お化粧もしましょう」

「えっと、私はお化粧はあんまり……」

「お肌がきれいだから薄化粧でも十分。でも『かわいい』を追求するにはいろいろな自分を発見することが大切で……」

力説する杏子に肩をつかまれておろおろしていると、カランカランとドアベルが鳴って荘介が放浪から帰ってきた。

「いらっしゃいませ」

荘介は杏子に向けたと察せられる落ち着いた挨拶を口にしているが、視線は久美に吸いよせられている。

「どうしたんですか、その恰好」

「えっと、毬谷さんの」

「杏子と呼んで。お友達になったんだから」

「杏子さんのお洋服をお借りしていまして」

久美の肩をぐいっと押して荘介の正面まで連れていき、杏子は強い口調で言った。

「かわいいですよね？」

「すごくかわいいです」

荘介の即答に杏子に、してやったりとでも言いそうな笑顔を浮かべた。

「雨、やみませんね」

杏子を落ち着かせて服をすべて返した頃には、本降りになっていた。

二杯目の紅茶をテーブルに置いて、久美は窓の外に目を向けた。杏子も窓から空を見上げる。まだ日暮れには早いのに、雲が厚く垂れた空はかなり暗い。

「ごめんなさい、長居してしまって」

ぽつりとこぼれた杏子の言葉に、久美は明るい笑顔を返す。

「とんでもないです。どうぞごゆっくりなさってください」

久美はなんとなく杏子の前の席にぽすんと腰を下ろした。すっと伸びた杏子の姿勢を見ていると、自分がいつもよりもずっと小さくなったような気分になった。

「どうかなさいましたか？」

カールした髪をさらりと揺らして杏子が久美に尋ねる。久美は今感じている気持ちをなんと言い表せばいいのかわからず微笑み、首を横に振った。

「さっきはごめんなさい。無理やりお洋服を押しつけるようなことをしてしまって。お洋服の好みは人それぞれですよね」

「自分では選ばないタイプの服ですから新鮮な体験でした。それに、なんでも一度は経験した方がいいですもんね」

「ロリータの世界に踏み込む気になりました？」

「いえ、それはちょっと……。やっぱり私には気楽な服が合ってます」

杏子は寂しげに微笑む。

「久美さんはすごいです。自分のファッションがブレなくて」

「すごくなんかないですよ。頭が固くて融通がきかないだけです」

「頭が固いというなら私こそです」

寂しげな様子の杏子は高い塔に閉じ込められたお姫様のようだった。伏せたまつげがふるふると揺れている。

「ねえ、久美さん。卵にはどうして黄身と白身があるのでしょうか」

「卵ですか？」

「お菓子を作るとき、卵白と卵黄に分ける手間が必要になるし、どちらかが無駄になるし。お菓子屋さんだと卵白だけのお菓子ばかり作って、卵黄が無駄にあまったりしないのでしょうか」

杏子と親交を深めている久美に代わり、ショーケースの裏に立って客待ちをしている荘介が答える。

「当店では卵白卵黄のあまりが出ないように、その日に作る商品を決めています」

「そうなんですか」

頷いた杏子の寂しげな様子は変わらない。卵についてなにか深く思うところがあるように見える。

「杏子さんはお菓子作りをなさるんですか？」

久美が尋ねると、杏子はカバンから卵の黄色がよく出ているシンプルなクッキーを出してみせた。

「最近始めたばかりで下手なんです。でもなんとか形にはなってきています」

クッキーは美しく、久美は謙遜だろうと思ったが、杏子は暗く沈んでいる。

「私が好きなお菓子は卵白だけを使うんです。でもそうしたら卵黄があまるでしょう。卵黄を無駄だと思ったとしても、捨てるわけにはいかないと一応思います。ですから卵黄だけを使うクッキーを作ります。でも食べたくないの。その卵黄は本当は私には必要ないものだと思うから」

「卵黄が嫌いなんですか？」

「ええ。スクランブルエッグくらいだったら白身と混ざってごまかされるから大丈夫なんですけど、ゆで卵は黄身の味がはっきりわかるので作りません」

静かに話を聞いていた荘介が窓辺に寄って、空を見上げる。

「まだしばらく降りそうですね。良かったらおやつを召し上がりませんか」

「あ、そうですね。すみません、私注文もしないで」

「いえ、失礼でなければこれから試作品を作るので味見なさいませんか」

少しの間が空いた。

「もしかしたらですが、試作なさるのは卵黄をたっぷり使うお菓子ですか？」

「はい。ですが卵白もあまることがないようたっぷり使います」

杏子はじっと荘介を見つめる。言いたいことを飲み込んでいるような表情だった。

「なんていうお菓子ですか」

「ウ・ア・ラ・ネージュです」

「なんだか難しそうな名前ですね」

「少々、手間はかかりますが難しいというほどではないですよ。よろしければ作るところをご覧になりますか」

頷いて立ち上がった杏子を案内して荘介は厨房に移動した。

「ウ・ア・ラ・ネージュはフランスのお菓子です。ウは卵の複数形、ネージュは雪。名前そのままの、卵を使った雪のようなお菓子です」

調理台に材料を並べる。卵、牛乳、バニラビーンズ、アーモンドスライス、レモン、グラニュー糖、塩、バター。

前準備として鍋にお湯を沸かしてレモン汁を絞っておく。

別の小鍋にグラニュー糖、少量の水を入れて動かさないように置いておく。

卵を割り卵黄と卵白を二つのボウルに分けていると、杏子が悲しそうな顔をした。

「卵はやっぱり白身だけでいいと思います」

「そんなに卵黄がお嫌いですか」

「昔はそこまででもなかったんですが、就職してから好き嫌いがはっきりしてきたみたいなんです。大人なのに恥ずかしいのですが」

「大人だからこそ自分の好きなものを追求してもいいんじゃないでしょうか」

「でも……。社会が求めているのは常識的な大人だと思うし……」

杏子は黙り込んでしまったが、それでも荘介の手許を見守り続けている。卵を割り終わった荘介は次の手順に進む。

卵白に少量の塩を振り入れて泡立てる。

「泡立てるときに塩を使うと、卵白の粘りがとれて泡立ちやすくなります」

イートインスペースのかたづけを終え、久美はひょっこりと厨房を覗いてみた。

杏子のお菓子作りの参考のためだろう、荘介がいつもより詳しく手順を説明している。久美も興味深く拝聴することにした。

卵白でメレンゲを作り、そこにグラニュー糖を少量ずつ加えて泡立てを続ける。

「砂糖を加えることで卵白の水分を吸着して、気泡の膜が壊れにくくなります。ただ最初から入れてしまうと逆に泡立ちが弱くなります」

「なんでですか？」

「卵白が空気と触れあってできるたんぱく質の膜の生成を、砂糖が邪魔してしまうからです。このたんぱく質の膜が気泡を安定させて膨らみが良くなります。砂糖の長所短所をうまく使うためには加えるタイミングが大切です」

杏子は「タイミング」と呟く。記憶しようとしているのか、別に思うところがあるのか真剣な表情だ。

出来上がったメレンゲを、バターを薄く塗ったお玉に盛り、パレットナイフでこんもりと丸い形に整える。

八十度のお湯にそっと浮かべて、沸騰させないように優しく茹でていく。

次のメレンゲを掬《すく》う前に、お玉を一旦冷やす。

「卵白は温まると金属から離れにくくなるので、お湯から上げたらその都度冷やしておきます」

鍋に、丸くて白いふわふわしたメレンゲがいくつも浮く。

五分ほど茹でたらお玉とパレットナイフを使い、丸みが崩れないようにひっくり返して上面にも火を通す。

しっかり火が通ったら、お湯から上げて水気をきる。

茹で上がったメレンゲを冷ましている間にクレーム・アングレーズを作る。

バニラビーンズの莢を裂いて、種をしごきだす。莢も一緒に牛乳と合わせて鍋で沸騰させる。

ボウルに入れた卵黄に砂糖を足し、白っぽくなるまで擂りまぜる。

「アングレーズとはフランス語で『イギリス風の』という意味です。フランス料理でアングレーズと名の付くものは調理法がシンプルなものが多いですが、このソースもとてもシンプルです」

温まった牛乳を卵黄のボウルに少しずつ注ぎながら、よく溶きのばす。

それを牛乳の鍋に戻して火にかける。

まんべんなくかき混ぜながら、温度が八十度から八十五度までに収まるように火加減を調整する。

「卵黄は六十度から固まりはじめて七十度で完全に固まります。クレーム・アングレーズの場合、砂糖と牛乳が混ざっているので凝固温度が高くなっています。その温度を超えてしまうとダマができるので注意が必要です」

煮詰めてとろみが出たら、漉し器で漉してバニラの種と莢を取りのぞく。

卵黄液の入ったボウルを冷水につけて、液を混ぜながら素早く冷ます。


次にカラメルを作る。

「先にグラニュー糖に水を加えておいたのは均一に水を吸わせるためです。溶け残った砂糖があるとそこから再結晶化、つまり、せっかく溶けていたものがまた砂糖の形に戻ってしまう現象が起きます」

鍋を強火にかけて見守りつつ、鍋肌に飛んだ飛沫をスプーンで掬いとっていく。

「ここで混ぜるなどの衝撃を与えても、また再結晶化する可能性があります。鍋肌に泡が飛んだものも取っておかないと、焦げが鍋の中に落ちるかもしれない。それも再結晶化する恐れがあります」

「カラメルって難しいんですね」

「難しいというよりは、砂糖のルールを乱さないことが大事だと思います」

「砂糖のルール？」

荘介は鍋から目を離さずに答える。

「なにをしたら固まるのか、どうしたら焦げるのか。砂糖には砂糖の、卵には卵のルールがあります。毬谷さんにもあるのではないですか、ご自分のルールが」

杏子は困ってしまったようで苦笑いを浮かべた。

「いいえ、私は周りのルールに流されてばかりです」

黙って頷いて荘介は火を止めた。


冷えたメレンゲにカラメルを糸状に細くかけていく。

器にクレーム・アングレーズを注ぎ入れ、メレンゲを浮かべる。数枚のアーモンドスライスを散らすと、荘介はお菓子の正面を杏子の方に向けた。

「出来上がりです」

杏子が小さく拍手する。

「美味しそう。それに雪玉みたいでとってもかわいいです」

「では、イートインスペースにどうぞ」

壁の陰から頭だけ覗かせている久美に荘介が頷くと、久美はお茶の準備を始めた。

二皿のウ・ア・ラ・ネージュをテーブルに運んだ荘介は、紅茶を運んできた久美にも椅子を勧めた。

「どうぞ、お召し上がりください」

カトラリーも揃えて荘介がうやうやしく言う。壁際まで下がって控えている姿はお姫様付きの専属シェフのようだ。澄まして立っている姿に、杏子と久美は顔を見合わせて笑った。

大ぶりのスプーンで掬おうとすると、ウ・ア・ラ・ネージュはぷるんとはずんで皿の向こうへ逃げていく。スプーンの先をつきたてるようにしてぷるぷるのメレンゲを掬いとる。スプーンに伝わる弾力が心地良い。そのぷりぷりとしたメレンゲにクレーム・アングレーズをたっぷりつけて口に入れる。

カラメルの香ばしさとクレーム・アングレーズのとろりとした甘さが口いっぱいに広がる。メレンゲがつるんとした食感を残してしゅわしゅわと溶ける。霞のように消えるかと思いきや、アーモンドスライスがしっかりした噛みごたえを残して、この真っ白な雪が幻ではないと感じさせる。

「美味しいです……」

杏子がぽつりと呟く。見ると目を真ん丸に見開いてまじまじとウ・ア・ラ・ネージュを見つめていた。向かいに座っている久美も感激しきりで、今にも踊りだしそうなほど陽気な表情になる。

「すっごいです！　ぱしゅっと消えて、でもしっかり卵感が残ります。いえ、卵であって卵ではない味がします。もともとは一つのものだったのに二つに分かれて、また一つに戻って、全卵だったときよりずっと美味しくなっています」

元気良く飛びだしてくる久美の感想を、杏子は真ん丸な目をしたまま聞いている。久美はまだまだ喋り足りず語り続ける。

「私の食史上、白身がこんなにふかふかつるつるしていたことなんてないし、黄身が単独でこんなにしっとり穏やかなこともなかったです。卵のポテンシャル、おそるべし」

二口目を掬って口に入れ、杏子は久美の言葉を反芻する。ゆで卵、目玉焼き、だし巻き卵、茶碗蒸し、ポーチドエッグ、今まで食べたどの卵料理とも違う。

ウ・ア・ラ・ネージュは、黄身と白身を一緒に食べる料理とはまるで違う原料で作られたかのように思える。だが、たしかにこの皿の上には黄身と白身が両立していた。

「ウ・ア・ラ・ネージュってすごいのですね」

杏子が荘介を見上げた。荘介は壁際から一歩前に出て答える。

「手間はかかりますが、簡単だったでしょう」

手許の皿を見下ろして杏子は考え込んでいる。手順は確かに難しくはない、特別な技術も必要ない。だが杏子には、一度分かれた卵白と卵黄をまた合わせてうまく美味しくできるとは思えなかったのだろう、表情が暗い。

「上手に作れるのは、卵黄のルールが守れたときですよね」

杏子はやはり苦笑いする。

「私は素材のルールを理解できないかもしれません。いえ、そうじゃなくて本当は理解したくないのかも」

スプーンを置いて俯いてしまった杏子の長いまつげが美しくて、久美は再び見惚れた。久美の視線に気づき、顔を上げた杏子はやはり寂しげに笑う。

「久美さん、私が持っているロリータなお洋服たち、もし良かったら使ってくださらないでしょうか」

「えっと……」

「見ていただいて、どれもいらないようならそれでもいいのです。あとのお洋服たちはみんな処分してしまおうと思います」

「どうしてですか？　かわいい服がとても好きなんじゃないんですか？」

「好きだから苦しくなるのだと思うんです。毎日の仕事ではスーツを着て、お化粧も甘めではなくてビジネス用でちっともかわいくなくて。でも大人にとって必要なことだから我慢しなくちゃいけなくて。もう系統の違う二つのお洋服の間で悩むのはやめたいんです。私が誰なのか忘れてしまいそうになるから」

杏子は苦しそうに眉根を寄せる。

「好きなものだけに囲まれて生きていけるときは、もう終わってしまったから」

「毬谷さんにとってスーツも卵黄なんですね」

荘介が言うと、杏子は不思議そうに顔を上げた。

「捨てるわけにはいかないから無理して使っている。そういうことではないですか」

杏子は胸の前で両手をきゅっと握りしめた。

「本当だわ、おっしゃるとおり。昔よりずっと黄身を嫌いだと思うようになったのも、ただの八つあたりかもしれない。スーツを我慢しているストレスを、卵の黄身を嫌うことでごまかしているのかも。嫌ですね、大人なのに好き嫌いなんて」

久美は頬に人差し指をあてて考え込む。杏子は黙って久美を見つめる。

「大人だからこそ、好き嫌いしてもいいと思いますよ。斉藤家では子どもの頃はなんでも食べなさいって言われてましたけど、大人になったら好き嫌い解禁になりました。運良く嫌いな食べ物はないんですけど、本当に大好きなものばっかり食べてます」

「食べ物ならまだいいかと思うのですけれど、お仕事ですから。生活していくために必要なものですもの……」

久美は首をかしげる。

「かわいいお洋服でお仕事をしたらいけないいんですか？　事務所の就業規則に書いてあるんですか？」

「いいえ、ないですが一般常識としてだめでしょう？　事務所の場所は博多駅前で、ご利用くださるお客様も皆さんビジネススーツなんです。ロリータファッションで対応するのはふさわしくないと思うのです」

久美の人差し指は頰から離されることなく、一般常識について深く考えている。

「杏子さんのお仕事は、お役所回りが多くて事務所でも人と会うから服装にも気を配るんですよね。だったらなおさら、ご自身が一番かわいいと思う好きなファッションを仕事に取り入れたらいいんじゃないでしょうか」

「好きなファッションを仕事に？　ロリータでビジネスは、ちょっと……」

尻込みする杏子に、久美は力強く声をかけ続ける。

「白身は白身、黄身は黄身と分けてしまうから黄身が嫌いなんですよね。でも分けたあとに手をかけてウ・ア・ラ・ネージュにしたら、どちらも美味しく食べられたじゃないですか。スーツも手間暇かけてクレーム・アングレーズのようにして、ロリータファッションは白い雪のようにふわふわさせて、どちらも一緒にしてしまえばいいんじゃないでしょうか」

杏子はクスリと笑う。少し元気が出たようで声が明るくなった。

「久美さんは面白いことを考えるのですね」

「私が考えたことじゃないですよ。杏子さんがさっき見せてくれましたよね。私の服をロリータ風に飾ってくれたでしょう。私、写真を見ても違和感なくて驚いたんです。女の子っぽい服って苦手だったから、絶対に似合わないと思っていたのに。だからきっとビジネススーツでも杏子さんの手にかかったら、かわいく変身させることができるんじゃないかと思います」

久美の言葉を杏子は驚いたような顔をして受け止めた。

「スーツにロリータを取り入れる……」

杏子はすっと立ち上がった。胸の前で祈るように手を組み、宙を見つめている。

「スーツはライトベージュでブラウスは立て襟のフリルのもの。タイトスカートの裾からレースが覗く。タイツは白で、そう、ライトブラウンのレース柄が描いてあるものがいいわ。甘めに調えたら靴は丸トウでも大丈夫。リボンもブラックやダークブルーなら髪に飾ってもすっきりする。ああ、楽しい……。どうしよう、考えているのはスーツのことなのに、とても楽しい」

うっとりした視線で杏子は久美を見た。その瞳がきらりと光る。

「やっぱり久美さんのお洋服も、もっとスイートにしましょうよ。ウ・ア・ラ・ネージュのようにミックスしましょう。お洋服は私が見立てますから任せてください」

手を伸ばして久美の両手をぎゅっと握る。

「今から私のお家に行きましょう。さあ、さあ」

「え、いえ、だめです。まだ仕事中ですし」

久美は目を泳がせた。荘介に助けを求めて視線を送ると、返ってきたのは極上の笑みだった。久美のイメージチェンジを期待しているのは明白だ。

「店は僕に任せて、どうぞ行ってきてください。ちょうど雨も上がりましたし」

久美と杏子は窓から空を見上げた。

「あ、虹」

杏子が空を指さす。雨雲がどんどん流れていって、青い空に虹がはっきりと見えた。

「お気に入りの虹模様の傘もかわいらしくコーディネートできるように、スーツを改造しなくっちゃ」

うきうきと湧きたつ気持ちを抑えられないという笑顔で、杏子はゆったり微笑んだ。

カササギゼリーの橋を渡って

「今日は『万国菓子舗　お気に召すまま』の店長さん、村崎荘介さんにお菓子作りを教えてもらいます」

園長の言葉に、保育士たちが拍手で荘介を迎える。荘介は笑顔でぺこりと頭を下げた。

ここ『きらきら保育園』では、七月の第一日曜日に七夕会を開くことが恒例になっている。保護者と子どもたちが一緒になって笹飾りを作ったり、簡単なゲームをしたりするものだ。今年は例年とは違い、少々手の込んだことをすることになった。親子で七夕をイメージしたゼリーを作ってもらうのだ。

つい最近、園舎のリフォームが終わり、広い多目的ルームがお目見えし、そのお披露目もかねて食育への取りくみを保護者に見てもらおうということになった。

当日ゼリー作りの指導にあたる保育士たち四人が、今日の荘介の生徒だ。全員二十代だろう、若々しいエネルギーがある。

お菓子自体は子どもでも作れる簡単なものではあるが、当日にケガや事故がないよう細心の注意をはらった準備が必要だ。保育士たちには前もって熟知してもらわないといけない。常連客から紹介されて『お気に召すまま』にやって来た園長が、そのように熱く語ってぐいぐいと迫り、荘介に講師を依頼した。

四十代後半のベテラン保育士に迫力負けした荘介は、保育士たちのための出張お菓子作り教室のボランティア講師として『きらきら保育園』にやって来た。


時刻は午後七時。園の子どもたちはほとんどが帰宅していて、延長保育の数人だけが残っていた。昼間の保育園とは違い、建物内はしんとしている。

これからお菓子作り教室が始まる調理室も、リフォームされたばかりでぴかぴかだ。

荘介は機嫌良く保育士たちに向きあう。

「それではさっそくですが、七夕ゼリーの作り方を説明します」

七夕会で作るお菓子は保育士たちの間で既に決定されていて、荘介が関わったのは、保育士たちが描いた出来上がりのイメージ画を見て、材料や作業手順を考えるところからだった。

「天の川をイメージした白いゼリーは、手軽に使えるため乳酸菌飲料を利用します。その上にのせる笹の葉と星型のゼリーは、板状に作った硬いゼリーを型抜きしましょう。調理に火を使う難しさや時間の問題もありますから、飾り用の板ゼリーはあらかじめ準備しておいて、型抜きだけを子どもたちに任せる方がいいと思います」

とうとうと喋る荘介の言葉をノートにメモしていた男性が、「はい」と真っ直ぐに手を挙げた。エプロンの名札に「ごろうせんせい」とでかでかと書いてある。

「はい、なんでしょう」

「私たちも当日は時間がないと思います。板状のゼリーは前日に作っておくことはできますか」

「大丈夫ですよ。硬く仕上げたものは水分が抜けにくいですから。前日からよく冷やしておけるので型抜きもしやすいでしょう」

吾郎《ごろう》は何度も頷いてメモを取り続けた。荘介はぱんと手を打つ。

「さて、始めましょう。まずは型抜き用のゼリーから作っていきましょう。星はオレンジジュースで、笹の葉はほうれん草パウダーで色づけします」

印刷してきたレシピを各々に配ってから、内容を説明していく。

「板状にするオレンジゼリーは硬くするために、ゼラチンだけではなくペクチンという食物繊維も使います。初めに、粉ゼラチンを少量の水でふやかします」

調理台の上に準備されている材料と器具を保育士それぞれが手に取り、レシピを見ながら計量していく。

「グラニュー糖を計って、その中から少量をペクチンと混ぜておきます。グラニュー糖と混ぜておかないと、液体に入れたときにダマになるので注意してください」

薄茶色の粉末状のペクチンとグラニュー糖を混ぜあわせるところで、女性の保育士がグラニュー糖を大量に調理台にこぼした。

「すみません！」

慌ててグラニュー糖をかき集めようとしてゼラチンをふやかしている途中のボウルをひっくり返し、水分でグラニュー糖が溶けだして調理台の上がどろどろになる。

「さやかせんせい」という名札をつけている女性はひたすら「すみません」を繰り返し、その後もミスを連発した。ジュースを熱しているときには火傷しかけ、出来上がったゼリーを型に入れるときにはお約束のようにこぼす。

そのたびに隣に立っている吾郎がフォローしてやっていた。二人の仲睦まじさを他の保育士が微笑ましく見守っている。

さやかの粗忽《そこつ》ぶりに不安は残るが、なんとかゼリー作りは終わった。

「すみません。私、足を引っぱってばかりで」

みんなでゼリーの試食をしているときに、さやかは肩をすくめて頭を下げた。

「いつもご迷惑かけて、本当にすみません」

園長がほがらかに笑ってさやかの背中を叩く。

「さやか先生のドジっ子ぶりは、みんな知ってるから。気にしない、気にしない」

「でも、私、もうすぐ辞めるのに、最後までこんな情けないままなのは……」

俯いてしまったさやかに、荘介が優しく声をかけた。

「さやか先生は保育園をお辞めになるんですか」

「はい。来月いっぱいで」

「寿退職なのよ。吾郎先生とご結婚なさるの」

そのとき、調理室のドアがガタッと鳴った。そちらを見ると、園の制服を着た五、六歳の男の子が目を見開いて立っていた。

「ひろとくん、どうしたの？」

さやかが立って近づいていくと、ひろとは険しい顔でさやかをにらみつけた。

「さやか先生の嘘つき！」

「え？」

止める間もなくひろとは駆けだして、廊下の先を曲がっていってしまった。追いかけようとしたさやかを園長が止める。

「さやか先生、待って。他の先生に行ってもらった方がいいわ」

同席していた女性の保育士二人が、ひろとが姿を消した廊下の先へ急ぐ。途方に暮れて立ちつくしているさやかを手招き椅子に座らせて、園長が語りかけた。

「もしかしたら、ひろとくんとなにか約束していない？」

「約束ですか？」

さやかは眉根を寄せて考え込んだ。園長は優しく尋ねる。

「ひろとくんからプロポーズされたことは？」

「あります……、あっ！」

言葉をなくして茫然としているさやかに、園長が頷いてみせた。さやかは両手で自分の口を覆った。

「私、ひろとくんが大人になったら結婚するよって答えました」

吾郎が「あらら」と声を漏らした。困った様子で苦笑しながらさやかに尋ねる。

「それって、いつ頃？」

「去年のこと。七夕の短冊に『さやかせんせいと結婚したい』って書いてあったの。それで約束したんだけど……。どうしよう。約束したのに忘れちゃってた」

「君にプロポーズしたのはひろとくんの方が早かったんだ。負けちゃったなあ、出遅れたよ」

さやかは眉根を寄せて吾郎から目をそらす。

「冗談を言っている場合じゃないわ。私、なんてことをしてしまったんだろう。こんな取り返しがつかないこと……」

園長がさやかを見つめるまなざしは優しい。

「さやか先生、起きてしまったことはしかたないです。問題はこれからひろとくんと、どう接していくかですよ」

「はい……」

その後、荘介が調理室を出るまでずっと、さやかは小さく縮こまったままだった。

園長に見送られて保育園の門に向かうと、父親と手をつないだひろとが地面をにらみつけて立ちどまっていた。

「ほら、ひろと。帰ろうよ」

ひろとは地面から視線を上げず、父親に手を引かれても頑として動かない。

「ひろとくんのお父さん、こんばんは」

園長が声をかけると父親が顔を上げ、笑顔を浮かべた。

「こんばんは、いつもお世話になってます」

笑顔で頷いた園長はしゃがみ込んで、ひろとの目線に合わせた。

「ひろとくん、さっきはびっくりしたよね」

ちらりと視線だけを上げ園長の笑顔を見て、ひろとはまた目を伏せた。先ほどまでのきつい表情が少しだけやわらいだ。

「今日はいっぱい寝て、明日も元気に来られるかな？」

ひろとはぐっと唇を嚙み、父親の手を振りほどくと門の外に飛びだしていった。

「あ！　ひろと、待て！」

慌てた父親は挨拶もそこそこに、あとを追って走っていった。

「ひろとくんの失恋の痛手は深そうですね」

荘介がぽつりと言うと、園長は黙って頷いた。


「初恋なんでしょうね」

ショーケースに寄りかかった久美が、微笑みを浮かべて言う。

朝の開店準備が終わっても荘介は珍しく店に残っていた。昨夜、保育園であった小さな事件を話すのを、久美は優しい表情で聞いた。

「でも失恋しちゃったんだ。かわいそうだけど、かわいいなあ」

荘介も頷く。久美は少し首を傾ける。

「けどひろとくんにしてみたら、大変な事態ですよね。大人は嘘つきだ、大人はズルいなんて思っちゃったら、人間不信になりそう」

荘介は昨夜のことを思って視線をさまよわせ、ひろとの風貌を思いだす。

「そんなに繊細なタイプには見えなかったですよ」

「見た目じゃなにもわからないですよ。荘介さんがさびしんぼうっていう意外性もありましたし」

久美の言うことがぴんとこない様子で、荘介は「さびしんぼう」と繰り返した。

「私、気づいちゃったんです」

「なに？」

久美は胸をそらして、自慢げに荘介の鼻先に指をつきつけた。

「荘介さんは、朝一でお客様がいらっしゃらないときは放浪に出ません！」

「そうかな？」

やはり久美の発言の意図がよくわからず、荘介はショーケースにもたれて久美の顔を正面から覗きこんだ。

「つまり！　いつも放浪に出るのは、私と話ができなくて寂しいからでしょう」

「じつはそうなんです」

「へ？」

冗談のつもりだった久美は荘介にあっさりと肯定されてしまって、拍子抜けして間の抜けた声を出した。

「それはもう寂しくて寂しくて、ついふらふらと。心穏やかになるまで散策しているんです」

嬉しそうに笑う荘介の姿に怯んだ久美の口からは、言葉が出ない。

「僕はいつでも久美さんと一緒にいたいんですよ」

久美は「う」と呻いて動きを止めた。荘介はそんな久美の姿も好ましく思っているようで、にこやかに見つめる。

もともと荘介は褒め言葉がストレートなタイプだったのだが、最近は度を超していると感じる。それはまだいいとしても、好意をダイレクトに口にする、態度で表す、スキンシップを取る。そんな直接的な愛情表現を受け取ることに未だ慣れない久美は、どういう反応をすればいいのかわからずに、いつも動きが止まってしまうのだった。

そこへカランカランとドアベルが鳴って、今朝一番の客が入ってきた。久美はほっとしてドアに目を向け笑顔で客を迎える。その客が買い物を終えて帰っていったときには、既に荘介の姿はなかった。

安心していいのか怒っていいのかわからないまま、久美はむにゃむにゃと言葉にならないなにかを飲みこんだ。

放浪中に気が向いて荘介がふらりとやって来たとき、『きらきら保育園』の門はしっかりと閉ざされていた。

真昼間の夏の日差しの中、園庭には誰もいない。ぎらぎらした太陽にさらされても、荘介は平気な顔で門の前にぼんやり立っていた。

リフォームで外壁も塗り直されて白くぴかぴかと光っている。そこに色とりどりの流れ星のペイントが施され、保育園全体が七夕仕様になっているかのようだ。

七夕会の準備が進んでいるようで、建物の入り口には短冊がたくさんぶら下がった笹竹が風に揺れている。

その笹竹をくぐるようにして園長が出てきて、荘介に向かって手を振った。荘介も軽く振り返す。すると、園長はすごい勢いで走りよってきた。

「村崎さん、ちょうどいいところへ！」

「え」

「どうぞ中へ。どうぞどうぞ」

手早く門を開けた園長にぐいぐい引っぱられて、荘介は保育園内に連れ込まれた。

園児の昼寝時間なのか、園庭と同じように建物内は静かだった。簡素な園長室に連行された荘介は、パイプ椅子に座らされ麦茶を手渡される。生ぬるい冷房の風に吹かれつつ、クールビズというものについての感慨を初めて覚えた。

「村崎さん、お願いします。七夕会の講師を頼まれてくれませんか」

突然の申し出に、荘介は返答に困ってぱちぱちと瞬きをした。園長が説明を始める。

「先生たちが村崎さんからお菓子作りを教わったと聞いた保護者の方からの要望が多いんです。せっかくだからプロから習いたいって」

園長は荘介に講師を頼みに店に来たときと同じく、熱く語る。

「それに子どもたちもプロのお菓子屋さんのお話を聞けたら嬉しいと思うんですよ。将来の夢はパティシエだっていう子もいるんです」

ぐいぐいぐいぐいと膝を進める園長の迫力に押されて荘介はのけぞりながらも、笑顔で答える。

「もちろん、喜んでお引き受けします」

「ありがとうございます！」

園長と打ち合わせした結果、荘介はゲストといった立ち位置でいいだろうということになった。軽い説明と見学だけで、直接の指導には保育士たちがあたる。荘介はほぼ立っているだけだが、それでも雰囲気が変わって面白いのかもしれないなと思う。

七夕会当日、荘介は朝早く、園児たちがやって来る前に保育園に向かった。保育士たちは既に教室で準備にかかっている。荘介も手伝おうかと思ったのだが、今日は客員講師扱いということで園長室で待つようにと言われた。

しかし荘介の仕事着のコックコートはクールビズとはかけ離れている。生ぬるい温度の園長室では大変だろうと気を利かせた園長が、涼しい調理室に案内してくれた。

冷蔵庫を覗いてみると、前もって冷やされている板ゼリーは上々の出来だった。透明感のある輝きを帯びていて、講習会のときとは格段の差だ。きっと何度も練習したのだろう。微笑ましい気持ちで荘介は冷蔵庫の扉を閉めた。

「今日のお菓子作りを教えてくれるのは、村崎荘介先生です」

園児と保護者が揃い、準備が整ったと招かれて荘介が入っていくと、その美貌に場がざわめいた。荘介はこういう周囲の反応には慣れっこで、臆することなくにっこりと笑ってみせる。

「みんなで先生にご挨拶しましょう。荘介先生、よろしくお願いします」

教室中から元気良く「よろしくお願いします」という声が湧き、荘介は頭を下げた。人好きのする笑顔で荘介が子どもたちの関心を引くことに成功したおかげか、自己紹介しているときも、お菓子の作り方を説明しているときも、みんなの視線は真っ直ぐ荘介の方を向いていた。

実際のゼリー作りの間も、子どもたちの集中力はなかなかのものだった。保護者はサポートするだけで子ども中心に作ってもらうよう言ったが、ついつい前のめりに自分も楽しんでいる人も多い。

粉ゼラチンの計量をしてお湯でふやかしている間に、よく冷えた何色かの板状のゼリーが登場する。

最後に飾るための星と笹だけでなく、天の川をイメージした白いゼリーの中にも彩りを添えたいという保育士の意見で、板状のゼリーを小さめのキューブ型に切って、透明なプラスチックカップの底に並べることになっていた。

園児たちは子ども用ナイフでゼリーを切りわけていく。真っ直ぐ切れずに保護者が手を貸したり、子どもが面白がって切りすぎて、飾りの型抜きのぶんが残るか怪しくなっていたり。見ているだけで微笑ましく、荘介はそれぞれの机を覗いてまわった。

一つの机に一人の保育士がついているのだが、さやかの机だけ異様に進み方が遅かった。他の机では色とりどりのゼリーが既にカップに注がれているタイミングで、まだ板ゼリーの切りわけが終わっていない。

先日の練習のときの手際の悪さはすっかり改善され、よっぽど何度も練習したのだということが見て取れる。だが指導のスピードはとてもゆっくりで、子どもたちも手が空いてじっと待っている時間がある。

観察していると、さやかは時折、ちらりと教室のドアの方に目を向ける。ドアはぴたりと閉まって静かなものだ。

そういえば、と荘介は教室内を見渡す。ひろとの姿がなかった。さやかが担当している机に一席分の空きがある。さやかはひろとが来るのを待っているようだった。

冷蔵庫に飾りつけができたゼリーを入れ終わると、それが固まるのを待つ間に笹飾り作りが始まった。すると、さやかのもとでゼリー作りを楽しんでいる園児の一人に声をかけられた。

「ねえねえ、荘介先生も一緒に作ろうよ」

誘われるまま荘介も、さやかの机で子どもたちに交ざって工作を始める。

「荘介先生、すごい上手！」

隣に座っている女の子が荘介の手許を覗き込む。

「ありがとう。君も上手だね」

「君じゃなくて、れいなだよ。れいなちゃんって呼んでいいよ」

れいなの母親が「呼んでくださいでしょ」などとたしなめているが、れいなはまったく聞いていない。

「荘介先生、結婚してるの？」

「してないよ」

「れいなが大きくなったら結婚してあげようか」

「本当に？　ありがとう、れいなちゃん。でも、僕には好きな人がいるんだよ」

「両思いなの？」

「一応ね」

「なんて名前？」

「久美さん」

「久美さんのこと永遠に好きなわけじゃないでしょ」

こまっしゃくれたセリフに、荘介は真面目に答える。

「永遠に好きかどうかはわからないけれど、僕は死ぬまで彼女が好きだと思うよ」

れいなは思いっきり唇を尖らせた。

「じゃあ、ふられたら彼女になってあげる」

平謝りするれいなの母親に、気にしていないと明るい笑顔を返した荘介の袖を、れいながが引っ張る。

「約束だからね。短冊にちゃんと書いたからね」

見ると『そうすけせんせえは、くみさんにふられたら、れいなちゃんとけっこんします』と、やけに上手な字で書いてあった。

「れいなはお習字が得意なの」

胸を張って、れいなは短冊を荘介に押しつけた。


七夕ゼリーは好評で今日の会は大成功と言えた。多めに準備したカップに入ったゼリーをお土産に、子どもたちは保護者と手をつないで帰っていった。

笹竹につるされた短冊にはいろいろな願い事が書いてある。その中に『おおきくなったらおかしやさんになる』と書かれたものを三枚見つけて、荘介は微笑んだ。

れいなにせがまれてつるした『そうすけせんせえは、くみさんにふられたら、れいなちゃんとけっこんします』の短冊は、そっと外してポケットにしまった。

「荘介先生、どうして短冊を外すんですか」

さやかに呼ばれて振り返ると、硬い表情のさやかが立っていた。

「れいなちゃんががんばって書いたのに」

「このお願いが叶ってしまったら困りますから」

荘介は本当に困っていることを笑顔に託してみたが、さやかはろくに見ていないようでさらに質問を続けた。

「どうして子どものお願いを断ったりできるんですか。あんなに一生懸命に好きになってくれたのに」

さやかは荘介を見つめて責めるような口調だったが、本当に問いかけているのは自分自身に対してのようだった。

「さやか先生は断らないんですか」

さやかの視線が揺らいで自分の足許に落ちた。

「断ることなんてできませんでした。自分を好きでいてくれる子に悲しい思いはさせたくないです。大人なんだから思いやるべきでしょう？」

「そうですね」

「でも……」

なにかを言いかけて黙り込んでしまったさやかの次の言葉を荘介は待っていたのだが、園長が荘介を見送りに出てきてさやかは仕事に戻ってしまった。

＊＊＊

七夕が過ぎると、途端に暑さが勢いを増してきた。

最近では『お気に召すまま』で提供するお菓子も、焼き菓子よりもゼリーなどの冷たいものを増やしている。

毎年好評の昔ながらのコーヒーゼリーや、店オリジナルのアムリタなども売り上げが伸びている。アムリタは材料の蘇《そ》を作るために牛乳を長時間煮詰めるので荘介もだいたい店にいるが、その居場所である昼間の厨房は熱気との戦いの場になっていた。

夏になると材料の品質保持のため厨房は寒いほど冷房を効かせるのだが、今年は荘介がゼリー気分になっているのでアムリタの販売数も多い。ショーケースや焼き菓子の棚に商品を陳列し終えると冷房を切って、毎日蘇作りにいそしんでいる。

冷房の風にあまり強くない久美でも、サウナのような厨房に足を踏み入れるのに躊躇する。だが荘介は平気な顔をして毎日毎日、厨房にこもっていた。

「荘介さん、暑くないんですか？」

厨房の入り口から、熱気の向こうにいる荘介に話しかける。

「暑いですよ、もちろん」

「なんでそんなに平気そうなんですか」

「じつは服の中にミニクーラーを仕込んでいるんです」

「そんな便利なものがあるんですか！」

「さあ、知らないけど」

「今、服の中に仕込んでるって言ったじゃないですか」

「冗談ですよ」

「なあんだ。科学技術の発展に驚いたのに、まだまだなんだ。それより熱中症には気をつけてくださいね」

ちょうど出来上がった鍋を火からおろして、荘介が冷房の電源を入れる。蘇を冷ますためにバットに移しながら、悲しげに久美を見やった。

「最近、久美さんはあまり怒らなくなったよね」

「そうですか？」

「そうですよ」

ますます悲しそうにする荘介が、久美をからかいたくてしょうがないのだとわかっていたが、一応聞いてやることにした。

「怒らないとなにか不都合がありますか」

「若さが足りないと思います」

「若さ？」

意外な方向からのアプローチで久美は首をかしげた。

「若さは感情の爆発ですよ。喜怒哀楽すべてが強く表れるものですよ。まだまだ久美さんには大切なものでしょう」

「いいんです。私はもう大人になりましたから、静かに余生を過ごします」

荘介は私物を置いている棚から、『そうすけせんせえは、くみさんにふられたら、れいなちゃんとけっこんします』と書かれた短冊を取って久美に見せた。

「なんですか、これ」

「先日の七夕会で若い方からプロポーズされまして。出会って突然に」

「突然にですか。若い人は喜怒哀楽が激しいというのは本当なんだ。良かったですね、若い子にモテて」

荘介は真顔で少し考え、テレビショッピングの出演者のような口調で語りだす。

「さあ、久美さんも弾けるような若さを取り戻してみませんか？　喜怒哀楽を僕にぶつけてみませんか？」

久美はしばらく考え込んだが、荘介が求める反応を思いつけない。

「どんな感情をぶつけられたいんですか」

「焼きもちとか」

「ぶつけません」

即答されて荘介はがっくりと肩を落とした。本気で悲しんでいる様子に同情して、久美は優しくしてやることにした。

「だって焼きもち妬く必要ないですから。かわいそうだけど、れいなちゃんは荘介さんと結婚できませんからね」

荘介がぱっと笑顔になる。

「良かった。どうやら僕はふられないで済むようですね」

「それはいいんですけど、その短冊は捨てないんですか？」

「せっかくのプロポーズですし。記念に取っておこうかと」

久美はもやっとするものを感じて口を結んだ。荘介が嬉しそうに尋ねる。

「焼きもちですか？」

「ち、違います！」

久美はまだ反論があるようだったが、店舗からドアベルの音が聞こえてきて慌てて厨房から出ていった。荘介は久しぶりに聞いた久美の大きな声に満足して作業の続きに手をつけようとしたが、久美はすぐに戻ってきてひょっこりと顔を出す。

「荘介さん、お客様です」

呼ばれて荘介が店舗に移動すると、浮かない顔をしたスーツ姿のさやかがぺこりと頭を下げた。土曜日の今日、保育園は休みなのだろうかと荘介は首をひねる。

「さやか先生、いらっしゃいませ」

いつものように微笑みを浮かべてみたが、さやかの表情があまりに暗すぎてすぐに真顔に戻った。

「どうかなさいましたか」

「あの、注文したらなんでも作っていただけるって本当ですか？」

さやかは救いを求めてすがるような目をしていた。

「はい、ご注文いただいたらなんでも」

荘介の答えを聞いたさやかはなぜか、ますます暗い表情になる。

「ひろとくんがお家から出たくなるようなお菓子を作ってほしいんです」

「お家から？　ひろとくんがどうかしたんですか」

さやかの口は重く、なかなか開かない。じっと待っていると小さな声で話しだした。

「七夕会をお休みしてから、その後もずっとお休みが続いているんです。ひろとくんのお父さんによると、お家から一歩も外に出ていないそうなんです」

「保育園をお休みして、ひろとくんは誰か面倒を見てくれる方はいるんですか？」

眉根を寄せて悲しげにさやかは答える。

「ひろとくんのお家はお父さんが一人だけで子育てされているので、叔母さんが見にきてくれるらしいんですけど、家庭の事情があるそうで……」

「いつまでもそのままではいられないんですね」

ますます顔色が冴えない様子で、しばらくさやかは黙っていた。そして、小さく頷くと細いため息のように言葉をこぼす。

「だからなんとか保育園に来てほしいんですけど、お父さんともほとんど口もきいてくれないらしくて」

「もしかして、これからひろとくんの家を訪ねるんですか」

「はい。ひろとくんが保育園に来てくれないのは私の責任ですから」

「ひろとくん自身がそう言ったんですか」

「さやか先生に会いたくないって言ってるそうです」

荘介は腕を組んでじっと考え込む。さやかは不安げに視線をさまよわせ、久美と目が合うとふっとそらす。きっと聞かれたくない話なのだろうと、久美はそっと厨房に移動した。

「さやか先生が訪ねていって、ひろとくんは会ってくれるでしょうか」

「くれないかもしれません。だからお菓子を持っていきたいんです」

「お菓子で釣って顔を見ることができたとして、それでひろとくんの気持ちをほぐすことはできますか？」

言いにくそうに一瞬間が空いたが、さやかはしっかりと顔を上げて口を開いた。

「できないと思います。約束をやぶった私を絶対に許せるはずないです。だから私、予定よりも早めに園を辞めようと思うんです。そうでもしないとひろとくんに申し訳ないから」

さやかが本気なのは一目瞭然だった。ひろとを傷つけた日から自分を責め続けているのだということが、ひしひしと伝わってくる。

荘介は先日から不思議に思っていたことを聞いてみた。

「さやか先生はどうしてそこまで約束にこだわるんですか？」

　ぐっと唇を噛んださやかは荘介の顔に視線を移そうとしては、すぐにそらすということをしばらく続け、俯いて目をつぶることでやっと話しだした。

「約束を守ってもらえなかったんです。私がまだ小さい頃に母が家出したんです。父にばれないように家を出て、私には必ず迎えにくるからって約束して。でも母は迎えにこなかった」

　顔を上げたさやかの目は怒りを孕《はら》んでいた。内気そうなさやかは、こんなに強い感情を押し殺して生きてきたのだ。自分自身が持つ怒りがひろとに対する責任感となり、保育園を早く辞めるという覚悟を生んだのだろう。

　注文を受けつけたことを示すために、荘介はしっかりと頷いた。

「ひろとくんが好きなお菓子はなんですか」

　荘介の言葉に、さやかはちらりとショーケースに目をやった。ひろとの名前が出たとたん、また気弱な様子に戻ってしまい、目線も泳いで一つの商品に落ち着かない。

「冷たいおやつが大好きなんです。プリンとか、ヨーグルトとか、ゼリーとか」

「では、七夕会のゼリー作りを楽しみにしていたのではないですか」

「そうなんです。でもそれも私のせいでだめになってしまって。私のことを嫌いになっちゃったのはしかたないんですけど、七夕やお菓子作りに嫌な思い出を残してほしくないんです」

「ひろとくんは、先生のことを嫌いになんてなっていないと思いますよ」

荘介は優しく言ってみたが、さやかは頑固に首を横に振った。

「嘘を言わないでください。気休めでも嫌です。ひろとくんが私を嫌いじゃないなら、どうして保育園に来てくれないんですか」

さやかの目が赤くなって、今にも涙があふれそうに見える。荘介は優しくゆったりとした声で提案する。

「では、ひろとくんがどう思っているかわかるお菓子を作りましょうか」

さやかは勢い良く顔を上げて荘介を見つめる。

「そんなお菓子も作れるんですか？」

「僕ではなく、そのお菓子を作れるのは世界にたった一人、さやか先生だけですよ」

「私、難しいお菓子なんて作れません」

「難しくなんかないです。作るのは七夕ゼリーです」

がっかりした様子でさやかは俯いた。

「申し訳ないんですけど、ひろとくんが来られなかった七夕会のことを思いだしたくなくて、ゼリーの作り方も忘れようとしてるところなんです」

「それなら思いださなくていいように、一から覚えてやり直しましょう。僕が指導しますよ」

荘介はさやかの肩をぐいぐい押して、厨房に移動させた。

「あ、あの。無理です、私。本当に……」

厨房にいた久美と目が合って、さやかはおどおどと視線を落とした。

「久美さん、さやか先生にエプロンを貸してあげてください」

予備のエプロンをさやかは受け取らず、困った久美は荘介を見上げた。

「さやか先生、ひろとくんは先生を待っているんだと思いますよ」

「そんなわけないじゃないですか。私はひろとくんとの約束をやぶったのに」

「先生は、お友達との約束をやぶったらどうすればいいのか、園児たちに教えているんじゃないですか？」

「約束をやぶったら……」

「どうするんでしたっけ？」

「謝ります」

しっかりとした口調で言うと、さやかは顔を上げた。

「私、ひろとくんに謝っていないです。どうしても会って話をしなきゃ。許してもらえなくても、嫌われたままでも」

さやかはエプロンを受け取って身につけると、エプロンのリボンをきりっと結んだ。

荘介はぱんと手を叩く。

「では、さっそく作っていきましょう」

「はい。よろしくお願いします！」

エプロン姿のさやかは、熱意あふれる表情で真っ直ぐに顔を上げた。


厨房はゼリー作りに適した温度まで冷えていた。久美は厨房に準備がない乳酸菌飲料を買いだしに行くことになった。さやかが泣きそうな顔で、厨房を出ていく久美の背中を申し訳なさそうに見送る。

作るのは七夕ゼリーとは言ったのだが、さやかが不安を口にした。

「もう七夕は終わってしまいましたし、ひろとくんにとって短冊そのものが悪い印象のものになってしまっていたら、かえって傷つけることになるかもしれません」

「そうですね。普通の七夕ならもう織姫と彦星は会えない時期になってしまっています。ですが、今回は会わせてあげましょう」

「どうやってですか？」

「先生はカササギの橋をご存じですか」

「いいえ、知りません」

「一年間のうち一日だけ七夕の日に織姫と彦星が会えるのは、天の川にカササギが翼を並べて橋になってくれるからだそうですよ」

「そうなんですか。初めて聞きました。あ！　それじゃ、カササギの橋がいつもあれば、織姫と彦星は毎日会えるんじゃないですか」

「そうなると思いますよ」

「じゃあ、天の川ゼリーにカササギの橋をつけたらいいんですね！」

「いいと思います」

俄然やる気が出たようで、さやかは集中して前のめりになっていく。

「じゃあ、板ゼリーをカササギ色にして型抜きをしたらいいんですね」

「そうですね。カササギはカラス科の鳥で基本は黒です。よく見るカラスより小型で胸とお腹、それと広げた翼の先端部分が白いです」

「パンダみたいな鳥なんですね。ひろとくん、パンダが大好きだから喜ぶかも」

さやかは話しているうちに生き生きとしてきた。

「黒いゼリーというとコーヒーゼリーでしょうか。でも子どもにコーヒーは良くないかもしれませんね。他に黒いものというと、チョコレート？　ココア？」

「チョコレートもココアも、やや茶系の色合いになりますね。黒を求めるとカカオ成分が増えて苦みが出ますし、黒ごまペーストでいってみましょうか」

「はい。がんばります」

なにをがんばるのだろうかといぶかりながら荘介が市販の瓶入りの黒ごまペーストを調理台にのせると、さやかは「あっ」と小さく叫んだ。荘介はそっと尋ねる。

「もしかして擂り鉢でごまを粒から擂ると思いましたか？」

「いえ、あの、はい。……すみません。普段、お菓子もお料理も作らないので、そんな材料があることも思いつきませんでした」

「大丈夫ですよ、そんなに縮こまらなくても。それに七夕会のときは立派に指導されていたじゃないですか」

先ほどとは打って変わって、さやかは肩をせばめる。

「立派じゃないです。子どもたちがみんな慣れてるから、私のフォローをしてくれるというか、子どもたちに気を使わせて申し訳ないというか……」

そう言われてみれば、さやかが受け持っていた子どもたちは、みんなさやかの言うことをしっかり聞いて、さやかが間違っていたら丁寧に指摘する子どもまでいたことを思いだす。

「それでも信用を得ているさやか先生は、すごいと思いますよ」

「すごくなんかないです。情けないです」

「子どもたちから愛されているのに、情けないなんてことはないでしょう。ひろとくんもきっと、先生の少し抜けたところが良かったのではないでしょうか」

「……やっぱり、私、抜けてますよね」

肯定するかどうかためらわれたが、口から一度出してしまった言葉は取り戻せない。

荘介が黙って頷くと、さやかの口がへの字になってしまった。

荘介は黙ったままゼリーの材料を調理台に並べていく。ゼラチン、数種のフルーツソース、グラニュー糖、ペクチン。

「えっと、ペクチンはグラニュー糖と合わせておく。ゼラチンは水でふやかしておく、ですよね」

「はい、そのとおりです。僕が口を出さなくても大丈夫そうですね」

「えっ……」

一瞬、言葉に詰まり怯んだが、さやかはぐっとこぶしを握りしめた。

「私、一人でやるんですよね」

急に肩に力が入った様子で荘介が手渡した小皿にゼラチンを入れ、スプーンで水を汲もうとして、水を入れていた計量カップを盛大にひっくり返した。

「す、すみません！」

「大丈夫ですよ」

台拭きを渡してやると慌てて水を拭こうとして、今度は黒ごまペーストの瓶に引っかかり、瓶はごろごろと転がった。調理台から落ちる寸前に荘介が受け止めたが、さやかは泣きそうな顔でまた「すみません」を繰り返す。

「さやか先生は緊張に弱いんですね」

先ほどよりもさやかから離した位置に瓶を置きながら荘介が言うと、さやかの目に涙が浮かんだ。

「だめなんです。子どもの頃からずっと、緊張しやすくて。そうしたら必ず失敗するし、受験も就職もなにもかもうまくいきませんでした」

話しながらさやかは水を拭き終わり、ぴかぴかになった調理台の天板を見つめた。

「きっと、これからもそうなんです。いい先生になんてなれないし、ひろとくんに認めてもらえるわけないし、一人でぐずぐずしているのが私の人生なんです」

「ただいま戻りましたー」

久美が明るく挨拶しながら厨房に入ってきて、さやかは慌てて俯き手で涙をぬぐった。

久美が軽い調子で聞く。

「荘介さんにいじめられたんですか？」

「ち、違います！　これは私が勝手に……」

おろおろしているさやかに、ちょこちょこと近づいた久美が優しく言う。

「なにかあったら言ってくださいね。私がビシーッと叱りますから」

「ちが、違うんです。本当に」

久美は、うんうんと頷いてみせ、さやかの手を取ってぎゅっと握った。

「いつでも相談にのりますから」

「えーと……」

困ってきょろきょろと視線を動かすさやかの涙は引いていき、暗い表情もどこかへ消えた。久美は買ってきた乳酸菌飲料の瓶をそっと手渡す。

「がんばってください」

「あ、ありがとうございます」

久美はガッツポーズを作ってみせて店舗に戻っていった。その背中を見送り、さやかがぽつりと言う。

「……変わった方ですね」

「そうですね、最近少し茶目っ気が増したようです」

久美とのやり取りでリラックスできたさやかは、渡された瓶を調理台に置き、黙ってゼリー作りを再開した。さやかの手が止まったときには荘介が助言する。だがさやかはだいたいの部分を一人でこなしていた。


ゼラチンに少量の水をかけてふやかす。

全量のグラニュー糖から少しだけ小分けして、ペクチンと混ぜておく。

まず、フルーツソースで彩り用のゼリーを作る。

銅製の鍋にフルーツソースと水あめを入れて火にかけ、沸騰したらペクチンを振り入れる。

少し煮たててからグラニュー糖を数回に分けて加え、その都度よく混ぜる。

百五度になるまで混ぜながら煮詰める。

とろみが十分に出たらバットに流し入れて冷ます。

これをイチゴやキウイなどのフルーツソースごと、個別に仕上げていく。

「このゼリーはパート・ド・フリュイというフランス菓子の作り方を採用しました」

常温まで冷ましたバットを冷蔵庫に入れながら、荘介が解説した。さやかが生真面目に質問する。

「フランス菓子だからゼラチンを使わないんですか」

「そういうわけでもありません。ゼラチンは酸に弱く、フルーツソースと合わせると固まりにくくなります。ですので飾り用のカラフルなゼリーには向きません。その点、ペクチンは酸性が強いほど固まりやすくなりますから」

さやかはエプロンのポケットに手を入れてメモ帳を探す。すぐに自分の仕事用のエプロンではないことを思いだして赤面した。

「メモ用紙いりますか？」

「お借りしてもいいでしょうか」

「もちろん」

紙とペンを渡すとさやかはパート・ド・フリュイという名前と、ゼラチンとペクチンの特徴をメモした。

「さやか先生は勉強熱心ですね」

「なんでもメモしないとすぐに忘れちゃうだけです」

「自分の弱点を努力で補うことも勉強の一つだと思いますよ」

「はあ、なるほど」

何度も頷きつつ荘介の言葉もメモして、用紙とペンをポケットに入れた。

「次は黒ごまゼリーですね。こちらは酸性ではありませんからゼラチンで固めます」

鍋にお湯を沸かしてグラニュー糖を溶かし、鍋肌がふつふつしてきたら火を止めてゼラチンを入れて余熱で溶かす。

黒ごまペーストを入れたボウルに少しずつゼラチン液を加えて、冷めないうちに攪拌してしまう。

ボウルを氷水につけて、とろみがつくまでよくかき混ぜる。

冷たくなったらバットに入れて冷蔵庫で固める。

「さあ、あとは保育園で作ったゼリーと同じです」

「ええっと、乳酸菌飲料は少し温めて、ゼラチンを溶かした砂糖水を混ぜて……、あ、その前に飾りのゼリーをカップに入れておかないと」

荘介が冷蔵庫から、冷えて固まった色とりどりのフルーツのパート・ド・フリュイを出してくる。さやかは丁寧に小さな正方形をいくつも切りだした。

長方形の透明なカップの底に明るい色のゼリーをちりばめておいて、真っ白な乳酸菌のゼリーを注ぎ入れる。

主体になる白いゼリーのカップを冷やしている間に、固まった黒ごまゼリーをカササギの形に型抜きしていく。

「鳥の形の型はいくつかあります。さやか先生のお好きなものを選んでください」

荘介はペンギン、にわとり、わし、白鳥、ひよこなど、あるだけ全部の鳥類の型を調理台に並べていく。

「カササギはカラスに似てるんですよね」

「そうなんですが、あいにくカラスの型は準備がないんです」

「ひよこにします。どんな鳥も小さいときはかわいいひよこですから」

さやかはひよこの型を握って黒ごまゼリーにそっと押しあてた。弾力のある手ごたえが返ってくる。ぷるんというよりはぷるんというようなしっかりした硬さがある。それを一羽抜きだす。

「胸の白い部分はどうしたらいいですか」

「そうですね、どうしましょうか？」

「胸部分を切り抜いて、下の白いゼリーが見えるようにするというのはどうでしょう」

さやかが迷いなく提案した言葉に、荘介はにっこりと笑ってみせる。

「先生は一人でなんでもできる方ですね」

「ええっ？　そんなわけないじゃないですか」

「今までのゼリー作りも僕が口を出す必要はほとんどなかったし、鳥の型をどうするかも一人で考案されました」

さやかは悲しげに目を伏せた。

「たったそれだけのことじゃないですか」

「ひろとくんに会いに行くのも、一人で責任を取るつもりだからでしょう」

「それは当然のことです。私が担任だし、ひろとくんを傷つけた張本人だし」

ため息をついて、さやかはカササギの胸部分をスプーンでくりぬいた。

「さやか先生は保育園の先生になるのは嫌だったんですか？」

不思議そうにさやかが顔を上げる。

「なんでですか？」

「受験も就職もうまくいかなかったと先ほどおっしゃっていたので」

さやかはまたため息をつく。

「本当は幼稚園の教諭になりたかったんです」

「今からでも、もう一度やり直しできるのではないですか」

さやかは首を横に振って優しい笑顔を浮かべた。

「今は『きらきら保育園』で働けて良かったと思っているんです。子どもたちもみんなかわいいし、先生たちもいい人ばかりで」

「では受験も就職の失敗も、今のさやか先生になるために必要だったのでしょうね」

荘介の言葉をさやかはしばらくの間、噛みしめていた。

「受験がうまくいって、就職も第一志望のところに行っていたら、私はもっとちゃんとした大人になれていたでしょうか」

「それは誰にもわかりません。ですが、ひろとくんが好きになった先生は、今のままのさやか先生だということだけは確かです」

さやかは黙って長方形の白いゼリーの上に黒い鳥を添えた。胸元の白と体の黒のコントラストのせいか、ひよこの形なのに成鳥のようにも見える。

荘介が出来上がったゼリーに蓋をしようとしたのを、さやかが止めた。

「あの、このゼリー、お二人で召し上がってください。私、もう一度作ります、ひろとくんと一緒に。私がしなきゃいけないのは、ひろとくんの気持ちを知ることじゃない」

きっぱりと言いきったさやかは、晴れ晴れとした表情を見せる。

「ひろとくん、七夕会をすごく楽しみにしていたのに私のせいでお休みしちゃったんだから、私が楽しみを返してあげなきゃいけないですよね。約束を守れなかった私にできることはそれだけだもの」

荘介が微笑んで頷くと、さやかはエプロンを外して深々と頭を下げた。


さやかはゼリーの材料を買い揃えると、その足でひろとの家に向かった。家の前までやって来て、さやかは大きく深呼吸をする。

土曜日の昼間だ。ひろとの父親は家にいるはずだ。いや、でも買い物にでも行っているかもしれないし、家にいたとしても迷惑に思って出てきてくれないかもしれない。勢いに任せて事前に連絡せずにやって来たことを後悔する。

それでもひろとに会うことができるまで、いつまでも待っていよう。とにかくひろとと話をしたい。

さやかは大きく息を吸って止めた。そのままインターホンのボタンを押す。間延びしたチャイム音が響いて、しばらくすると「はーい」とひろとの声がした。びくっと肩を揺らしたが、さやかはすぐに笑顔でインターホンに向かった。

「こんにちは、ひろとくん。さやか先生です」

返ってきたのは無言だった。長い長い無言がさやかを責めたてているようで、呼吸が苦しくなってきた。もう一度話しかけようとしたときに玄関のドアが開き、ひろとが父親に連れられて玄関まで出てきた。

「ひろとくん、こんにちは」

さやかは心の中から笑顔が自然にあふれたことに驚く。ひろとの顔を見ただけでこんなに嬉しいとは。自分が保育園の子どもたちをどれほど好きなのか初めて自覚した。

「約束をやぶってごめんなさい」

深々と頭を下げたさやかを、ひろとは父親の陰から顔だけを覗かせて見ている。

「ひろとくんが先生のこと嫌いになってもしょうがないと思う。許せないと思う。でも、今日はお願いがあって来ました」

ひろとはなんの反応もしない。さやかの言葉を聞いているのかもわからない。

「七夕のゼリーを一緒に作りましょう。ひろとくんが楽しみにしてたゼリー作り、遅くなっちゃったけどやりましょう」

ひろとはやはり動かず、さやかの顔を見ることすらしない。父親がひろとの背を押して前に出そうとするが、ひろとは頑として動かなかった。

「ほら、ひろと。先生とゼリー作ろうよ」

ひろとは身をひるがえして、家の中に走っていってしまった。父親が途方に暮れた表情でさやかに頭を下げる。

「すみません、先生。せっかく来ていただいたのに」

「いいえ。いいんです」

さやかは抱えてきていたゼリーの材料が入った袋をぎゅっと握って、父親に深く頭を下げた。

「突然来てしまって、すみませんでした。今日は失礼します。でもまた来てもいいですか？　ひろとくんが話をしてくれるようになるまで」

「そうしてやってくれるとありがたいです」

さやかがお辞儀をして歩きだすと、ひろとが家から飛びだしてきた。

「先生！　さやか先生！」

駆けよってきて、さやかに抱きつく。

「保育園やめちゃ嫌だ！　ずっと保育園にいて！」

ひろとが短冊をさやかに差しだす。拙《つたな》い文字で「さやかせんせいといっしょにそつえんしたい」と書いてある。さやかは短冊を受け取ると胸に抱きしめた。

「ずっと保育園にはいられないんだ。でも、卒園式にはみんなに会いにいくから。ひろとくんが上手にお歌を歌うところを見にいくから」

じっとさやかを見上げていたひろとは大声で泣きだした。さやかはひろとを抱きしめる。自分より少し熱い子どもの体温。生きている熱量が大人とは違うのだ。

さやかは母が出ていくときに、強く抱きしめられたことを思いだした。母も小さなさやかの体からこの熱を感じていたのだろうか。この胸の底から湧いてくる愛おしさを感じていたのだろうか。たとえ守れない約束とわかっていても言葉に出してしまうほどに。それも一つの愛情の表れだったのだろう。

ひろとの熱で、ずっと抱え続けていたさやかの中の怒りが溶けて消えていく。代わりに湧きだしたのは、澄んだ水のような優しい気持ちだった。

今なら本当に、心から約束できる。

「約束するよ、ひろとくん。先生、絶対に会いにいくから」

ひろとが泣きやむまで、さやかはぎゅっと愛しい熱を抱きしめ続けた。

「さやか先生はひろとくんとうまくいったでしょうか」

七夕ゼリーを食べながら、久美がぼんやりと話しだす。

「大丈夫ですよ。七夕が過ぎていてもカササギが会わせてくれます。久美さんは七夕に願い忘れたお願い事はありますか？」

「うーん、ちょっと思いつかないです」

「じゃあ必要になったらいつでも言ってくださいね。僕がカササギを捕まえるから」

「ワイルドですね」

久美は微笑み、最後に残しておいたカササギの黒いゼリーを噛みしめる。ごまの風味がふわりと口の中に広がって、カササギが翼を広げて飛んでいくかのようにするりと喉を滑りおりる。

なめらかな黒は優しく甘く、心の奥の大切な部分にそっと着地した。

素顔のゆるキャラ

その女性がいるだけで、店中が輝きに満ちあふれるようだ。

窓から見える午後の空はどんよりと曇っているというのに、そんなことを感じることもできないほど心は晴れやかになる。

「こんにちは、久美さん。お久しぶりです」

星野《ほしの》陽《よう》は舞い下りた天使のように微笑んだ。軽く頭を下げると、肩にかかっていた長い黒髪がさらりと滑り落ちていく。ほっそりした白い手が半袖のブラウスから覗く様子は、直視してしまっていいものかと躊躇うほど眩しい。

「こ、こここ、こんにちは。いらっしゃいませ」

久しぶりに会って、改めて彼女の美しさにあてられたのか緊張してしまう。以前会ったどんなときよりも、今の陽が一番きれいだといつも思う。どんどんきれいになりすぎて、最終的には人間ではなくなり女神になってしまうのではないかと心配にもなる。

陽は軽やかにゆったりとターンして店内を見回した。久美は毎日せっせと床にも柱にも窓にも磨きをかけているのだが、陽の目に入るならもっと掃除に力を入れるべきだったと後悔した。陽の輝く瞳には美しいものだけを映してほしい。

「とってもすてきなお店。いつも透《とおる》くんから聞いていたけれど、来てみて良かった」

陽は、久美の高校時代の友人、藤峰《ふじみね》透とお付き合いをしている。

久美は間違っても陽のことを、藤峰の「彼女」だとか「恋人」だとか言うつもりはない。藤峰にはもったいなさすぎる女性なのだ。

今でも、陽が藤峰を選んだことはなにかの間違いだろうと思っており、いつそれに気づいてしまって、藤峰がフラれるかとひやひやしている。

「よよよ、よろしければお飲み物をいかがですか？」

一目で誰もがとろけてしまうであろう優しい微笑みで、陽は「ぜひ」と返事をした。

イートインスペースに陽を案内してコーヒーを淹れる。藤峰を介して何度か会ううちに、陽がコーヒー党だと知った。缶コーヒーでもインスタントでも好きだという。

そうは言われても陽に中途半端なものを飲ませるわけにはいかない。久美はスペシャルティコーヒー豆の専門店で焙煎してもらったばかりのとっておき、真夏用のブレンド『ジェノバ』を淹れてテーブルに運んだ。

「いただきます」

久美が自分の前の席に座るのを待って、陽は丁寧に頭を下げてからコーヒーを口へ運ぶ。久美は固唾をのんで見守る。はたして陽の口に合うだろうか。

一口飲んだ陽はふわっと笑い「爽やかで美味しい」と言葉を漏らした。久美の緊張がやっと解けて、というよりは陽の笑顔にノックダウンされて溶かされてしまって、いつものとおり友人として話せるかなどうかなという心持ちになってきた。

やっと落ち着いて陽を見つめることができる。

「今日は藤峰は一緒じゃないんですね」

「そうなの。秘密で来たのよ」

陽の瞳がいたずらっぽく輝く。

「サプライズでケーキをプレゼントしたくて」

「もしかして藤峰の誕生日ですか？」

「そうなの。今年も夏休みを使ってインドに研修旅行に行っちゃうから、早めに準備しないとって思ってるの」

大学に通う藤峰は仏教学にのめり込んでいて、日本中の寺社仏閣を巡ることはもちろん、海外の仏教史跡を訪ねることもしばしばだ。とくにインドには何度も足を運んで仏陀の聖地巡礼を繰り返している。

「よく飽きませんよね、インド。何度も行ってるくせに」

「とても広い国だから、見るところがたくさんあるんじゃないかしら」

陽のふんわりしたコメントに、久美はおのれの素直でない性格を省みるべきだと胸に手をあてて考えだした。

「どうしたの、久美さん」

「私ちょっと藤峰に対してあたりがきつすぎたかもしれません。もう少し寛容の精神で観察してみます」

「あら、大丈夫だと思うわ」

のんびりと陽が言うので、久美は自分もそこそこ優しかったかとほっとしかけたのだが、陽は意外な言葉を発した。

「透くんは、ああ見えて打たれ強いから、少しきついくらいでちょうどいいかも」

そうだった、陽は天使の見た目の中に小悪魔を飼っているんだったと久美は思いだし、小悪魔の尻尾で刺されないように気を引きしめた。

「そうだ、ケーキはどんなものをご用意しましょう」

「特別注文も受けてくれるって透くんから聞いていて。ちょっと手間がかかるものでもお願いできますか？」

「にい、どんなお菓子でもうけたまわります。当店にないお菓子はありません！」

陽は小さく拍手する。

「久美さん、すごく頼もしい。あのね、ケーキの上に絵を描いてほしいんです、透くんの似顔絵を。大丈夫ですか？」

「はい、もちろん。ご予約のときに見本の絵か写真をご用意いただければ」

「持ってきてるわ。これ」

陽がカバンから取りだしたのは藤峰の写真だ。ぼーっとした締まらない笑顔、指が微妙に伸びきらないチョキの形、きっちりとズボンにインしたいつもと同じチェック模様のシャツ姿。一度も外見を磨くということを考えたことがないのは明白だ。

「……これを、ケーキに描くんですか？」

「ええ。一番良く撮れた写真なの」

なにを以てして良く撮れたと判断したのか問い詰めてみたかったが、きっと陽の清らかな目で見たらきらめいて見えるのだろうと思うと、そっと俯くしかなかった。

「どうかした？」

「いえ、いいんです写真のことは。それよりケーキは二人で召し上がるんですか？」

陽が楽しそうに首を横に振る。

「うちでサプライズパーティーをしようって家族で相談しているの。だからケーキは五人くらいで食べられるサイズにしてほしいんです」

「五人の方が見るんですよね、ケーキ」

「そうね」

「藤峰の似顔絵はやめた方がいいと思います」

どうやったって不気味になりますから、という言葉はかろうじて飲み込んだ。陽は目をぱちくりと瞬いて首をかしげる。

「どうして？」

その仕草も純真な瞳も、久美の心が「本当のことを言うのはよせ」と警鐘を鳴らすほど美しくはかなげで、彼女を傷つけるわけにはいかないと強く決意させた。

「さすがに藤峰であったとしても、自分の顔を真っ二つにされて食べられるのを見たくはないんじゃないでしょうか」

「はっ！」

息をのんだ陽は、よろりと上体を揺らしテーブルに手をついた。

「そう、そうよね。私ったらうっかりしすぎだわ。透くんの姿を私以外の誰かに食べさせるなんて。そんなの目の前で見たら悲しくてしょうがないに決まってるのに」

あまりにショックを受けていることに罪悪感を感じて、久美は慌ててフォローする。

「あの、でもイラストケーキは華やかでいいですよね！　藤峰が好きなものを絵にしたらいいんじゃないでしょうか」

「透くんが好きなもの……。興福寺《こうふくじ》の五重の塔？」

「どうでしょう、五重の塔は茶色だしちょっと地味かも？　あ、でも落ち着いてかえって大人っぽくていいのかな」

うーん、と陽は天井を見上げて考える。伸びた首の白さが美しい。久美は陽に見惚れて考えるのをやめてしまった。

しばらく無言のときを過ごし、陽が「仏像？」と呟いた。

「は？　なにがですか？」

なにを話していたかすっかり忘れてしまった久美が聞き返すと、陽は気持ちが固まったらしく真面目な表情で頷く。

「仏像の絵を描いてもらったら、透くん、喜ぶわよね」

「ああ、ケーキの話をしていたんでしたっけ」

「透くんの好きなものと言ったら、なによりも仏像よね」

「仏像を食べる……」

「罰があたるかしら」

やって来た。

二人が困って顔を見あわせていると、厨房からデコレーションケーキを抱えた荘介が

「さあ」

「おや、星野さんじゃないですか。ようこそ、いらっしゃいませ」

「こんにちは、初めまして。お邪魔しています」

陽が来店したのも荘介と顔を合わせたのも初めてだが、二人ともそれぞれの顔は写真で見たことがある。とくに荘介は、ちょくちょく店にやって来る藤峰からしょっちゅう陽の新作写真を見せられ、のろけ話を聞かされ続けているので、初めて会うとは思えないほど陽のことを知っている。

陽の方は藤峰がプレゼントしまくるために、『お気に召すまま』の常連と言っていいくらい荘介の味には詳しい。

荘介はケーキを持ったままテーブルに近づいてきた。

「初めまして、村崎荘介です。いつも藤峰くんからいろいろ伝え聞いています。お菓子に対する温かい感想も。ありがとうございます」

「こちらこそいつも美味しいお菓子をありがとうございます。お店に来てみたいとずっと思っていて、やっと実現できました」

初めて会ったのに二人が穏やかに話す様子は、旧知の間柄かと思うほど自然だ。藤峰ののろけも役に立つんだなと久美は感心した。

荘介はちらりと店内を見回し、客が陽だけだと確認して言葉を続ける。

「今日は星野さん、お一人ですか？」

「はい。透くんには秘密で来ました」

「サプライズプレゼントでしょうか」

陽は弾けるような笑顔を浮かべた。

「そうなんです。すごいわ、なんでわかったんですか？」

「今まさに、そういった趣旨のケーキを作っていましたので」

「そうなんですか。参考にどんなケーキなのか見せていただけませんか」

「はい、どうぞ」

荘介は手にしているトレーをテーブルに置いた。有名なゲームのキャラクターの絵が描いてあるケーキは、赤青黄色と色鮮やかでいかにもお祝いムードにあふれている。

「やっぱり色とりどりの方がいいような気がしてきたわ」

考えこんだ陽の前からトレーをどけてショーケースに運び、荘介は久美の隣の席に座って会議に参加した。

「ケーキに絵を描くんですか？」

「はい、お願いしたくて。透くんが好きな仏像とか五重の塔とか、どうでしょうか」

荘介はちらりと天井に目をやって考え、すぐに戻した。

「大人っぽくて落ち着いた感じになるかと思います」

「華やかでパーティー気分にはなりますか？」

「……夜間にライトアップした感じのイラストにしますか？」

陽はほうっとため息をついた。

「やっぱり地味ですね」

「あ！」

久美がぽんと手を打つ。

「ゆるキャラケーキどうですか！　仏像みたいなゆるキャラ、あれ藤峰好きでしたよ」

陽は首をかしげる。

「仏像みたいなゆるキャラ？　私、ゆるキャラに詳しくないのだけど、どんな感じなのかしら」

久美は店のノートパソコンを運んできて、検索した画像を陽に見せる。

「こんなのです。千手観音がモデルだそうです」

「まあ！　かわいい！」

久美の動きが止まった。陽がいぶかしんで尋ねる。

「どうしたの」

「かわいい、ですか？」

「ええ、とっても」

「このゆるキャラ、流行ったときにはあちこちで不気味って言われていたんです。腕が多すぎて、腕ムカデちゃんとかなんとか変な名前で呼ばれてました」

「そうなの？　すごくかわいいいんだけれど、不気味かわいい系？」

「あ、そういう系統もありかも」

ケーキは不気味かわいい系で決定し、全国のゆるキャラが掲載されているウェブサイトを見ながら久美とともにゆるキャラの系統分けを楽しんで、「じゃあ、一週間後。楽しみにしてます」と言って陽は帰っていった。

「荘介さん、本当に仏像のゆるキャラで良かったんでしょうかね」

「いいんじゃないですか、藤峰くんが好きなものなら」

「陽さんのご家族は不気味がるんじゃないでしょうか、腕ムカデちゃん」

「いいんじゃないですか、藤峰くんのことをもっと知ってもらえて」

イートインスペースのかたづけをしながら、真面目に話しあうでもなくぼんやりと言葉を交わす。本音を言えば、二人とも藤峰のことはあまり心配していない。陽がしてくれることならなんだって喜ぶに決まっているからだ。

それに陽の家族も聞くところによるとかなり天然らしいので、心配はいらないだろうと思っていた。

「久美！　なんで話したんだよ！」

ガランガランとドアベルを激しく鳴らして、藤峰透がものすごい勢いで店に駆け込んできた。備品の整理をしながら客待ちをしていた久美は、驚いてショーケースの裏で動きを止める。藤峰はショーケースに、ばん！と両手をついた。

「なんで陽さんに話したんだよ！」

「話したってなにを？」

藤峰は両手を握りしめて、ぶるぶると体を震わせている。その迫力にのまれた久美は動けないまま藤峰のことを見つめることしかできない。

「あのキャラクターのことだよ」

「もしかしてケーキの？　あ！　喋っちゃだめやん、サプライズなのに！」

久美は慌てて両手で口を押さえたが、藤峰は冷たく「もう知ってるよ。さっき見た」と言い放つ。

「僕のためのケーキにあのキャラクターが描かれてたから、ここに来たんだ。久美だろ、あれのこと話したのは」

「うん、そうやけど……」

「なんてことしてくれるんだよ！」

こんなに激高した藤峰は見たことがなかった。おそらく高校時代の同級生は藤峰のこんな表情を誰も知らないだろう。藤峰はいつも目立たず大人しく地味で、怒りなどという感情を持っているとはとても思えないほど温和だった。

「なんか悪かったと？　あのキャラクター好きだったやん」

「そうだよ、好きだったよ。だからそれを陽さんには知られたくなかったんだ」

「なんで？」

藤峰は深呼吸して怒りを抑えようとしているようだった。だがうまくいかないようで、剣のある目つきで久美をにらむ。

「高校時代に僕があのキャラクターが好きだって知れわたったときに、僕がなんて言われてたか知ってる？」

「ううん、知らない」

「キモ仏教オタだよ。不気味くんとも言われた。ムカデくんともね。おかげでクラスで浮いたんだ。教室ではいつも指さされて笑われたんだよ」

クラスが別だったとはいえども、友だちだというのに、そんなことにまったく気づかなかった久美は、驚きとともに申し訳なさも感じる。だがそれらはもう過去のことだ。今さらどうしようもない。

「でもそれは終わったことやん。陽さんはそんなこと絶対思うわけないし」

「終わってないんだ、僕の中ではね」

藤峰が言っていることが久美にはしっくりこない。嫌な思い出だとしても実際にもう済んだことだ。

「高校時代のことと陽さんのことは関係ないんじゃ……」

「久美は自分の嫌な秘密を好きな人に知られたらどう思うのさ」

「嫌な秘密って？」

「久美の高校時代の体重を、僕が荘介さんにバラしたら？」

「絶対やめて！」

そんなことを藤峰が知っているわけはないしありえないとわかっていても、血の気だ引いた。高校の身体測定のことは思いだしたくもない。荘介がそんなちっぽけなことを気にするなんて馬鹿げた考えだ。頭ではわかっているのに気持ちは頭の言うことを聞かず、今すぐにでも藤峰の口を縫いつけたいと思ってしまう。

「わかった？　僕が言いたいこと」

久美は何度もぶんぶんと頷いた。

「ごめん、そんなことがあったなんて知らなくて。それに陽さんはあのキャラクター、かわいいって言ってたし……」

「もういいよ」

いつものように温和な口調に戻っていたが、藤峰はまだ怒っていた。

「もう僕は陽さんに会わないから」

「なに言ってるの！　なんでそんなこと」

驚きすぎてそれ以上の言葉が出てこない久美から視線をそらして、藤峰は俯いてぼそりと言う。

「こんな僕が陽さんの側にいる、そんな勇気はない」

「勇気ってなんの？」

「僕は自分の心に蓋をして見ないふりをしていたんだ。人を憎んでる汚いところ、過去をのり越えようともしない弱いところもさ。それを陽さんに知られてしまって、今までどおりの僕でいられる自信がないんだ。きっと陽さんの前で卑屈になってしまう。そんな自分を見せてしまうことだけはできないよ」

久美はなんと言葉を返せばいいか思いつくことができない。自分が知らずに口にしたことで藤峰が深く傷ついたと考えると、またなにか言ってはいけないことを言いだしてしまうのではないかと不安になる。

けれどなにか、藤峰のためになにかしなければ。このままだと藤峰は本当に陽のもとから去ってしまう。

「陽さんなら藤峰が好きなものはきっと受け入れてくれるよ、なんだって。あのキャラクターも藤峰が好きだって言えば……」

「僕はもう、あのキャラクターが大嫌いだよ」

藤峰は久美と視線を合わせずに店を出ていった。

その夜、久美は陽に電話をかけた。サプライズパーティーがだめになった理由のすべてを、藤峰が話した内容を陽に伝える。電話から聞こえる陽の声は今まで聞いたことがないほど暗く沈んだものになった。

「そうだったの。それで透くんはなにも言わずに飛び出していったの……」

「やっぱり藤峰は、陽さんの前でもいつもと違う様子だったんですか？」

「見たこともないくらい怖い顔をしていたの。ケーキの上のゆるキャラのチョコレートをにらみつけて肩を震わせて……」

そのときのことを思い出したのか、陽の声は途中からとても小さくなって聞こえなくなってしまった。久美は、自分が良かれと思って提案したことが招いたことの大きさに身がすくむ思いを抱いた。

「ごめんなさい、陽さん。私」

「いいの。久美さんはなにも悪くないわ」

言葉を途中で遮られて、久美はそれ以上話すことをためらった。陽も黙っているだけだが、電話越しに後悔と自責の思いが伝わってくる。その空気はどんどん重くなり、久美は我慢できずに口を開いた。

「藤峰のこと、嫌いにならないでください」

陽の気配が、少しだけやわらかくなったように感じる。

「そんなことあるわけない。透くんを嫌いになんてなれない。透くんは透くんでいてくれるだけでいいのに。今のままの透くんで、過去もそのままの透くんでいてくれたら、それだけでいいのに」

電話の向こうから涙の気配がした。久美は陽が声を出さずに涙を落とすのをじっと聞いていた。

なんとか藤峰と連絡を取ろうと久美は何度も電話をかけ、メールを送ったが、応答はない。一人暮らしの家も尋ねてみた。居留守なのか本当に留守なのか、ドアベルを押しても返事はなく、人の気配も感じられなかった。

もしかしたらと思い、同窓会名簿を引っ張りだして藤峰の実家にも電話をかけてみたけれど、帰ってはいなかった。いっそのこと高校時代の友人のつてをたどろうかと思ったのだが、それだけはしてはならないとぎりぎりで思いとどまった。

藤峰をこれ以上、過去のしがらみに巻き込んではいけない。

久美は仕事中も鬱々とした気持ちだった。藤峰をつかまえることができないまま日を過ごす。陽の心の傷はどんどん深まり、一人で泣き続けているのではないだろうか。

藤峰と陽の仲の良さは、見ているこちらが恥ずかしくなるくらいだった。日々の真ん中にお互いの存在が大きくあっただろうに、それが急になくなってしまってどうやって過ごしているのだろう。

「久美さん」

はっとして顔を上げると、荘介がショーケース越しに久美の顔を覗き込んでいた。

「あまり考えすぎたら、久美さんがまいってしまいますよ」

素直に頷くが、どうしても頭は勝手に同じことをぐるぐると考えてしまう。

「荘介さん。私、なんとかして藤峰を立ち直らせないと。私のせいなんですから」

久美の必死な表情を、荘介は真っ直ぐに見つめている。

「藤峰くんと星野さんが今後も付き合い続けていくために、これは避けられない問題です。遅かれ早かれこういったことは起きたでしょう。藤峰くんが星野さんに対して話せないことがあって、そのことを後ろめたく思ったままで一生をともに過ごすことはできないのですから」

「でも」

久美はなんと言ったらいいのかしばらく考え込んだ。荘介は優しい目でじっと久美を見つめたまま待っている。荘介はいつまでも待ってくれる。なんでも聞いてくれる。だからと言ってなんでもかんでも話せるわけがない。

久美にもちょっとしたミスで他人に迷惑をかけた過去がある。許してはもらえたが、今もその後悔を忘れられないという苦い経験だ。

話してしまえばちっぽけなことなのだとわかっていても、だめだ。心の中のなにかが引っかかりブレーキをかける。自分の弱いところをさらけだしてしまえる勇気がない。必ず受け止めてもらえるとわかっているのに。

「でも、もしかしたら一生知らないまま、何事もなく暮らしていけたかも……」

「藤峰くんが星野さんに自分を偽り続けて我慢できるような人物とは思えません。星野さんはなにもかも積極的に受け入れる人に見えますから」

それは間違いない。陽は黙って受け入れるだけではなく、なんでも話したいと思わせるところがある。その誘引力にあらがうのは難しそうだ。

久美は自分の無力さが腹立たしくなってきた。イライラして不機嫌になってしまいそうな自分をぐっと抑えて、荘介を見上げる。

「過去を受け入れてもらえるってわかってるのに、話せないのってなぜでしょう」

「自分が変わってしまうこと、それが怖いのかもしれませんね」

「変わってしまう？　嫌なことを話すことで？」

荘介が久美を見つめる優しい視線をはずすことはない。

「過去の辛いことを手放せば楽になることにわかっているけれど、辛い思い出というのは大切なものだから簡単にはいかない」

久美は首をかしげる。

「嫌な思い出を大切とは感じないと思うんですけど」

「感じはしないし、思い返してもやはり辛いでしょう。しかし辛いと思うのは大切なものがあったことの証明、辛さは大切にしている気持ちの一つの側面です。大切なものがなにもなかったら、人は辛さを感じることはない」

誰かを傷つけてしまったことを辛いと思うのは、確かにその誰かが大切だからだ。

「傷ついてしまった大切なものについて話すためには、もう一度、辛さを追体験しなければなりません」

辛い記憶を思いだし、客観的に見つめ、聞いてくれる人が理解できるように情報をまとめる。それは感情を伴わずに行えることではないだろう。

「今も辛い思いを引きずったままなのなら、痛みのせいで大切なものを過去に置いてきてしまったということでしょう。それを取り戻すにはさらなる痛みが伴う。けれど、諦めるには大事すぎる。だから目をつぶるんだと思います」

あの辛さを追体験すると考えただけで、久美は逃げだしたくなる。

「藤峰が取り戻すべき大切なことってなんでしょうか」

「さあ、なんだろう。藤峰くん自身にもわかっていないかもしれないけれど」

おそらくわかっていないだろう。そこに大切なものを置き忘れてきていることも、もしかしたら、大切なものを持っていたことさえもわかっていないかもしれない。

だが陽ならきっと藤峰に思いださせることができるはずだ。藤峰のもっとも大切なものである陽ならば。

藤峰と陽がこのまま別れてしまったら、今までの関係は二人にとってどれだけ辛い思い出になるだろう。大切な人と会えなくなって取り返すこともできずに、いつまでもいつまでも好きだという気持ちが心をえぐり続ける。

「そんなのだめ。絶対だめ」

自分が藤峰を傷つけてしまったからどうにかしたいという責任感よりも、二人がわかりあっているのに離れることを悲しむ気持ちの方がずっと強く、久美の胸に迫った。

「なんとか藤峰をつかまえなきゃ。このまま話もできなかったら、うやむやになっちゃう。夏休みだから学校にはいないだろうし……」

「絶対に出会える日と場所がありますよ」

「どこですか!」

「藤峰くんがインドに出発する日の空港です」

「あっ！」

久美の目がまん丸に開かれる。荘介は冷静に言葉を続ける。

「日にちは聞いたけど、時間は知らないね。乗り継ぎのありなしで国内線か国際線かも変わってしまうし」

「陽さんに聞いてみます！」

いてもたってもいられず、久美はすぐに陽に電話をかけた。コール音が長く続いて、とうとう諦めかけたときに「はい……」と陽の暗い声が聞こえた。

「陽さん、藤峰の飛行機の出発時刻を知ってますか？」

「知ってるわ、でもそっとしておいて。透くんが思うとおりにしてほしいの。私に会いたくないならそれでいいの」

「良くないです！」

久美の口から思わず大きな声が出た。

「こんなこと私が言える立場じゃないけど、藤峰はもう昔のことをのり越えなきゃいけないと思うんです。そうじゃなかったらいつまでも思いだすたびに傷つき続けるままです。それに」

次の言葉が出てこないのは、これも陽を傷つける言葉なのではないかと迷ったからだ。

だが言わずにいてもなにも前には進まない。藤峰はみんなの前から姿を消しちゃうかもしれません」

「陽さんと会えなくなってしまったら、藤峰はみんなの前から姿を消しちゃうかもしれません」

「そんなことあるはずが……」

「そうじゃなくても、少なくとも今のままの生活を続けられるような強さは藤峰にはありません。陽さんと出会ってしまって陽さんが大切すぎるから、もうもとには戻れないと思います。陽さんのことを忘れるなんてできるわけないし、陽さんは今の藤峰のすべてだから」

言葉が口から出ていくたびに、久美の胸がズキズキと痛む。きっと陽はこれ以上に痛む心を抱えているのだろう。

「藤峰はもう以前のように傷ついた思い出に目をつぶり続けることができないと思うんです。過去を振り返るたび嫌なことも自分の不甲斐なさも一緒に思いだして、それを陽さんに見せたくなくて二重に苦しいんじゃないでしょうか。でも藤峰の過去と陽さんを好きなことは地続きで、切り離せることじゃない」

陽はなにも言わない。電話からはなんの音も聞こえない。

「だから陽さん、藤峰の側にいてやってください。藤峰を傷つけた私の言うことなんか聞きたくないと思います。でも」

「久美さんはなにも悪くないわ。前にも言ったでしょう」

優しい声だ。本当に心のこもった声だ。陽はなんでも許してくれる。だが藤峰を説得する機会は与えてくれない。

「陽さんも傷ついたんですよね、ごめんなさい。でもこのままだと一生傷が痛むままになってしまいます。心の傷はいつか癒えるなんて嘘です。蓋をして忘れてみることはできるけど、本当は痛み続けます。私は陽さんにそんな傷を残したくはないんです。藤峰にだって同じように思ってます。それに、藤峰が陽さんに会いたくないわけがありません。会いたいのに無理やり我慢してるんです」

「そんなことないわ。透くんはもう私のことなんか」

その言葉が意外すぎて、久美の口からぽろりと呟きが滑りでた。

「陽さんも怖いんですね。藤峰と会うのが」

はっと陽が息をのんだのがわかった。

「私は自分のことしか考えていないの。透くんから嫌われていることを思い知るのが怖くて会いにも行けない。透くんが苦しんでいても見過ごそうとしているの」

「もう一度、サプライズからやり直しませんか」

力強い久美の声が陽の心に届いたかわからない。電話の向こうはまた無音だった。

「藤峰を喜ばせるものじゃなくて、痛くても苦しくても藤峰に今必要なものをプレゼントしませんか。それがなにかは私にはわからないけど、陽さんだったら。藤峰のことを一番知ってる陽さんだったら、わかるんじゃないですか」

しんとしている。無言の時間が、ただ過ぎていく。だが久美の鼓動は早く強く、今にも叫びだしそうだった。自分が無力だと思い知って、それでも陽の心を揺さぶりたくて。できることなら今すぐ陽の肩を押して、藤峰のところへ連れていきたい。

久美はもうそれ以外のことを考えることができず、言葉はなにも出てこない。ただ待つことしかできなかった。永遠に待ったような気がした。

「……サプライズケーキを」

陽のか細い声が聞こえて、久美は全神経を耳に集中した。

「私が透くんのことをどう思っているか伝えたいんです。もう一度、サプライズの千手観音のゆるキャラケーキを作ってもらえませんか」

久美は震えがくるほどの恐ろしさを感じた。同じものを作ってもう一度失敗したら、今度こそ二人の関係は終わってしまうに違いない。

だが大丈夫だ、きっと大丈夫。だってここには彼がいる。

久美は振り返る。

「荘介さん、陽さんからキャラクターケーキのご注文をいただきました。お受けしてもいいですか」

「もちろんです」

荘介は頼もしい笑顔で答えた。


電話を替わった荘介が陽とケーキの概要を話しあう。バタークリームケーキにキャラクターをデコレーションするという、前回と同じタイプのものに決定した。

受取日は藤峰がインドへ出発する日。陽はケーキを持って藤峰に会いに行く。


準備する材料は卵、グラニュー糖、薄力粉、バター、ミルクチョコレート、ホワイトチョコレート、食紅各色。

ケーキの土台、スポンジ生地から作っていく。

ボウルに全卵を溶き、グラニュー糖を加えて混ぜる。

湯せんにかけて四十度手前で湯から出し、掬い落とすとリボン状になる程度までゆるく泡立てる。

薄力粉を数度に分けて振り入れ、ダマにならないように混ぜる。

溶かしバターを垂らしながら少しずつ加える。

生地を型に流し入れ、軽く調理台に打ちつけて空気を抜く。

オーブンで三十分ほど焼き、取りだして網の上で上下を返して型から抜き、冷ます。


バタークリームはイタリアンメレンゲとバターを合わせて作る。

イタリアンメレンゲの材料はグラニュー糖と水で作ったシロップ、卵白、さらにグラニュー糖だ。

グラニュー糖と水を小鍋で火にかけ、百二十度になるまで熱してシロップにする。

卵白にグラニュー糖を加えて八分立てにする。

シロップが熱いうちに少量ずつ加え、粗熱が取れるまで攪拌を続ける。

こうしてできたイタリアンメレンゲを、バターを常温に戻してクリーム状に練ったものと混ぜるとバタークリームの完成だ。


キャラクターはチョコレートで作っていく。

ワックスペーパーにキャラクターの下描きをして紙を裏返す。ここからは通常の描き方とは違い、アニメーションのセル画のような技法で描いていく。

ミルクチョコレートを湯せんして溶かす。

細い口金でしぼりだし、輪郭線を描く。

ホワイトチョコレートに食紅を混ぜ、必要な色を揃える。

キャラクターの目鼻口や衣服などを、色づけしたチョコレートで埋めていく。

残りの部分も色塗りが終わったら、全面をミルクチョコレートでコーティングして一枚のしっかりと厚みのある板状にする。

そのチョコレートが冷めてから表に返せばカラフルなキャラクターの一枚絵になっている。

スポンジケーキを横半分に切り、間にバタークリームを挟む。

全体にバタークリームを塗って、その表面を蓮華《れんげ》模様にデコレーションする。

最後にチョコプレートをのせたら完成だ。

「前回のケーキより小さいですね」

「一人用のサイズにしました。藤峰くんのためだけのケーキですから」

久美は不安げにケーキをじっと見つめる。

「前のケーキと同じキャラクターで本当にいいんでしょうか」

「星野さんが決めたことですから、信じましょう」


陽は空港に向かう予定時間より、二時間も早く来店した。

「透くんに会えると思ったら、いてもたってもいられなくなって。予約の時間より早く来てしまってごめんなさい」

不安げなところなど微塵もない。陽はいつもより晴れ晴れとしているくらいだ。

「陽さん、元気が出たみたいで良かったです」

久美は明るい表情を見せる陽を見て嬉しくもあるが、不思議でもあった。電話で話したときからどんな風に立ち直ったのか知りたい。だがもしカラ元気だとしたら、陽を傷つける質問になってしまうかもしれない。

迷っていると陽は察してくれたようで、優しく語りだした。

「私はいつも透くんからもらうばかりだったの。優しい気持ちも、深い愛情もなにもかも。だから今度は私があげる番なのよ。たとえ嫌がられても、私は私ができることすべてを透くんにあげようと思って。そう思ったらなにか吹っきれたみたい」

ほがらかに笑って、陽にケーキを抱えて店を出ていった。その後ろ姿を見送り、久美はぽつりと呟く。

「藤峰わかってよ、陽さんの気持ち」

祈るように空を仰ぐと、空港を目指して下りていく飛行機が見えた。


福岡空港国際線ターミナルは、外国人観光客の入出国で混みあっていた。アジアへの玄関口とも言われる土地柄のせいか、近隣国の人たちが身軽に行き来している。

陽は藤峰を見逃さないようにと、保安検査場の入り口が見えるベンチに座った。保安検査場は一か所だけのため、待ち伏せにはちょうどいい。飛行機の出発予定時刻よりもかなり早く来たので、ここで待っていれば間違いなく会える。

鼓動が高まって自然と笑顔がこぼれてくる。藤峰に会えると思っただけでこんなに幸せになるなんて陽は思ってもみなかった。それだけいつも藤峰は側にいてくれたし、陽を寂しくさせることなど一度もなかったのだ。

それがどれほど贅沢なことだったか陽は思い知った。

同時に、藤峰が忘れられずにいた悲しい過去を打ち明けられないほどにしか、自分からの愛情を伝えられていなかったことで不甲斐なさも味わっている。

「本当に私は透くんに甘えっぱなし」

独りごとを呟いてそっと微笑む。反省も後悔もなにもかも、きっと藤峰に会えば消えてなくなる。そうして今度は、自分の番。自分が藤峰を甘やかすのだ。

待ち時間は苦にならなかった。わくわくした気持ちが消えることなく胸の中にあった。藤峰の姿が見えたとき、その気持ちが爆発したように感じて思わず立ち上がった。いつもどおりのチェックのシャツをズボンにきっちりとインした服装も、少し猫背で歩幅が狭い歩き方も懐かしくて泣きそうになる。

陽も会ったことがあるゼミ仲間と連れ立って歩いていて、藤峰は陽に気づくことなく多くの人が並んでいる検査場に向かっていた。

「透くん！」

陽が後ろから声をかけると、藤峰はびくっと震えて立ち止まった。周りの友達がいつもと違う藤峰の反応に驚いている。

藤峰は急に走りだし、検査場とは別の方向に逃げていく。ぽかんと見送る藤峰の友人たちを尻目に、陽はその後ろ姿を追いかける。

残念ながら藤峰の足は遅い。あっという間に陽につかまってしまった。

「透くん、つかまえた」

明るい陽の声を聞きたくないというように、藤峰は両手で耳をふさいで目をつぶる。

陽は藤峰の耳に口を寄せて、大きな声で喋る。

「目を開けて」

「嫌だ！　陽さんの顔を見られないよ！」

「そんなに私のことが嫌い？」

藤峰は首を横に振る。何度も何度も、首がもげるのではないかと思うほど勢い良く。

陽はそっと藤峰の頬に手をあてて、その動きを止めた。

「陽さん、だめだよ。触ったらだめだよ」

「どうして？」

陽の手を握ってゆっくりと下ろした藤峰は、ぼたぼた涙を流して「うー」と呻く。

「僕のことなんか相手にしてくれなくていいんだ。僕は全部忘れるから、陽さんにふさわしい人は他にいるから、僕なんかと無駄な時間を過ごさないで」

「透くん、本当に忘れてしまうの？」

「うん、陽さんのことも全部忘れるから、つきまとったりしないから安心して」

「わかったわ。じゃあ、安心してこれを渡せるわ」

藤峰はそっと目を開いた。

「はい、プレゼント」

陽が、持っていた紙袋から小さなケーキの箱を藤峰に差しだす。十五センチ四方の箱を、なにか覚悟を決めたらしい藤峰は、厳しい表情ですっと受け取った。

陽は藤峰がしっかりと抱えたケーキの箱の蓋を取る。走ったために少し崩れてしまったケーキにのっているキャラクターは、藤峰が好きだった、そして今は大嫌いな千手観音のゆるキャラだった。

「陽さん……、やっぱり僕は陽さんにふさわしくないよね。こんなちっぽけな、ちょっとかわいくないだけのキャラクターのことをのり越えられない僕なんか」

「見ていて、透くん」

陽は腕ムカデちゃんのチョコプレートをひょいと持ち上げると、ぱりぱりと食べてしまった。藤峰はなにが起こっているのかわからず、戸惑いを隠せない。

「透くんの嫌な思い出は私が食べちゃった。これからも透くんの嫌いなものも怖いものも、全部私が食べちゃうんだから。ね、そうしたら透くんが食べるのはこれだけでいいんだから」

そう言って陽がケーキを指さす。そこにはゆるキャラのチョコプレートの下に隠されていた、もう一枚のデコレーションされたチョコレートが顔を出していた。

「うは！」

藤峰が驚愕の声をあげる。

「まさかこれ、木製じゃなくてチョコで作ってあるの？」

「そうよ。『お気に召すまま』の店長さんの力作。私が頼んで作ってもらったの。透くんが一番好きって言っていた一体の写真を、写真集から探したのよ。三十三間堂《さんじゅうさんげんどう》には千手観音が千一体もあるんだもの。結構大変だったわ」

驚きすぎたのか、藤峰の涙が止まった。頬に残る涙を拭って、はっきりと千手観音の姿を確かめる。手の中のケーキにのるそれは、本当に千一体の中で一番好きな観音像の写し絵だった。どことなく面差しが陽に似ている。

「まさか、僕が好きな仏像を覚えててくれたの？　たくさんの仏像の中から見つけだすなんてそんな。どうしてそんな大変なことを……」

「透くんが好きなものなら大変だと思っても苦じゃないの。透くんが欲しいものは全部あげたいし、したいことはなんでもさせてあげたいの。本当に私と会いたくないなら、それも叶えてあげたいの」

藤峰の視線が揺れる。甘えそうになる自分を振り払うかのように、さっと陽の顔から目をそらした。

「でもね、私は透くんのことを忘れるなんてできないから、つきまとってしまうかもしれない。それでもいい？」

「陽さん。陽さんはなんで僕なんかに優しくしてくれるの？」

藤峰の頬を両手で包み込んで、陽はその名のとおり太陽のように笑う。

「透くんがたくさん優しさをくれたから、私の中にたくさん溜まっているの。それをお返ししてるだけ。透くんがいなくなったら、きっと私は嫌な人間になるわ」

「そんなことありえないよ。陽さんはいつだって明るくて、きれいで、優しくて、天使で女神で……」

陽は人差し指で藤峰の唇に触れて、言葉をふさいだ。

「ね、このケーキ誰にもあげないでね。透くんのためだけのケーキだから」

蓋をして藤峰に箱をぐいぐいと押しつけ、陽は優しく囁いた。

「行ってらっしゃい。元気に戻ってきてね」

藤峰がなにも言えずにいると、陽はまた藤峰の唇に人差し指で優しく触れて、じっと見つめてから去っていった。

「おい、藤峰。大丈夫だったのか？」

先に搭乗口についていた友人が心配そうに聞いてくれる。サプライズパーティーのこときになにがあったかは話していなかったが、藤峰の様子からみんな気づいたうえでそっとしておいてくれたのだろう。

「だいじょばない」

藤峰の妙な言葉使いも、みんな優しく聞いてくれる。

「全然だいじょばないよ」

今はそっとしておいた方がいいと判断したのか、友人たちはそれ以上話すことなく飛行機に乗り込んだ。

離陸してシートベルト着用サインが消えるとすぐに、藤峰はケーキの箱を開いた。陽には美しいものだけを見ていてほしい、自分のような弱くて卑屈な姿を見せたくはない。このケーキを陽との最後の思い出にしようと覚悟を決めて見つめる。

離陸の衝撃でさらに形が崩れていたが、陽の姿に似た千手観音は無事だった。

「うわ！　なんだそりゃ！」

隣の席の友人が千手観音を覗き込んで大声で叫んだ。前後の席の同行者もシート越しにケーキを覗く。高校時代の悪夢が甦る。あのときもみんなが藤峰の手の中にあったゆるキャラのマスコットに注目したのだ。それから大爆笑されてマスコットを取られ、気持ち悪いとさんざんからかわれた。

藤峰は好きなものをけなされてもなにも言い返すことができず、ただへらへらと笑っていた。きっとみんなが本当に気持ち悪いと思ったのは、不気味に笑っていた自分だったのだろう。

せっかく大学で昔のことを忘れて、仏教や仏像という好みが同じ友人ができたのに、また自分はなにもかもを失うのだ。背筋を寒気が駆け上る。

失うものは友人だけではない。なけなしの自尊心も陽と過ごせる時間も、もう手に入らない。

「千手観音だ！　このリアルさはなんなんだ！　執着しすぎか」

「もしかして木彫りの飾りで食べられないいんじゃないのか」

「腕、千本はなさそうだな。やっぱりお菓子の限界か」

「あの彼女の手作り？」

「いや、考えたらわかるだろ。素人にはこんなの無理だよ」

みんなが口々に好き勝手なことを言う。だが藤峰の心は揺るがなかった。不思議なほど、しっかりとみんなの言葉を聞き続けることができた。

その理由は簡単にわかった。自分が好きなものを認めてくれる人がいる。世界にたった一人だけ、なにがあっても自分を信じてくれる人がいる。たとえ二度と会えなくてもこの瞬間をずっと忘れることはない。

きっと世の中には、仏像のチョコプレートを気持ち悪いと言う人がたくさんいるだろう。だが自分はこのケーキが好きだ。陽に似ている千手観音像が好きだ。そう胸を張って言える。このケーキは陽が自分のためだけに用意してくれたものなのだから。

藤峰は猫背を真っ直ぐに伸ばした。

「僕の誕生日のサプライズケーキなんだ。陽さんは世界一の女性だからね。プレゼントのセンスも世界一なんだよ」

友人たちが一斉に笑う。

「いつものノロケが出たな。好きなもの見て元気が出たのか？」

「こんなすごいお菓子見たらテンション上がるよな」

「俺も食べたいけど、彼女からのプレゼントなら横取りできないなあ」

藤峰はぽかんと口を開けた。

「みんなこのケーキ、気持ち悪くないの？」

友人たちは顔を見合わせて首をひねった。

「藤峰は気持ち悪いと思うの？」

「まさか！」

「だよね。愛情がこもったプレゼントが気持ち悪いなんてありえないよ」

じわじわと喜びが腹の底から湧いてくる。自分は本当に良い友人に恵まれた。それもこれもみんな、陽に出会えたからだ。陽のおかげで自分は変われた。だからこそ、こんなに大勢の友人ができた。

そしてまた思う。陽がいない世界で自分はどんどんだめになるだろう。世界で一番好きな陽のことを好きだとも言えずに、他のなにを好きだなんて言える？

「うわ！　どうした、藤峰」

隣席の友人が荷物の中から取りだしたトイレットペーパーを差しだしてくれて、藤峰はやっと自分の目から涙がぼとぼとこぼれ落ちていることに気づいた。

ああ、自分はとっくにだめになっていたんだ。陽がいない世界では、ただまともに座っていることさえできない。

藤峰は泣き続け、涙がケーキに落ちていくのをぼんやりと眺めた。

「おい、ケーキがだめになるぞ」

自分だけでなくケーキまで台無しにするわけにはいかない。陽がくれた大切なものなのだ。美味しく食べないと一生を棒に振るほどの後悔を抱くだろう。

藤峰は歯を食いしばって涙をこらえた。上を向いて鼻をすする。

友人が丸めたトイレットペーパーでごしごしと涙を拭いてくれた。紙でこすられて頬が痛い。こんなとき、陽ならやわらかなハンカチでそっと目許を押さえてくれるのに。そんなことを思っただけで、涙は次から次に湧きでてくる。

もう、だめだ。本当にもうだめだ。

「だめでもいいよぉ、僕なんか指さされて笑われてもいいよぉ。なんでもいいから陽さんの側にいたいよぉ」

藤峰はおいおいと声をあげて泣きだした。友人たちは代わる代わる藤峰の肩を叩いて励ましてくれた。

＊＊＊

カランカランとドアベルを鳴らして藤峰が『お気に召すまま』に入ってきた。

無言でツカツカとショーケースに歩みより、手にしていた紙袋を大時代なしぐさで捧げ持つと、久美の方にずいっと差しだした。

「えっと……、なにこれ」

「インドのお土産です」

「はあ。ありがとうございます」

「このたびは大変にご迷惑をおかけして申し訳ありません」

深々と膝につきそうなほどに頭を下げる藤峰を見て、久美は慌ててショーケースの裏から出てきた。

「なんばしよっと！　やめんしゃい、他人行儀な」

藤峰は頭を上げないまま、ちらりと横目で久美を見上げる。

「僕たちは他人じゃないと思う？」

「友達やん。なに言いよると」

藤峰の目からぶわっと涙があふれでた。

「久美ぃ、久美は本物の心の友だよぉ」

「うわ、鼻水垂らさんとって！」

エプロンのポケットからティッシュを取りだして、泣きだした藤峰に渡してやる。

「えへへ。ティッシュだ」

「そうやけど。笑うほど嬉しいって、インドでティッシュなしで困ったと？」

藤峰は鼻をかんで照れくさそうに笑った。

「いろいろあったんだ」

「ふうん。なんか大人みたいな口ぶりやね」

「いや、僕も大人だよ。同い年なんだから知ってるだろ」

残りのティッシュを返そうと差しだすと、久美は「あげる」と短く言った。

「誕生日プレゼント」

「ありがとう！」

まさか喜ぶとは思わなかった久美は、拍子抜けして次の言葉が出ない。

「陽さんに電話してくれたこともありがとう」

帰国した藤峰と既に会ったことは陽から聞いていたが、すがすがしい表情の藤峰を見て久美はやっと安心することができた。

「キャラケーキはどうやった？」

「すごく美味しかったよ。バタークリームがとろっととろけてさ、スポンジが硬めだから食べ応えもあって。また食べたいなあ。でもさ、一つ困ったことがあった」

「もったいなくて千手観音が食べられなかったとか？」

「うん、それも少し悩んだけど、違うんだ。フォークがなくてさ、手で食べたんだ」

「さすがインド通は違うわ。普通の人なら食事用のフォークをもらうと思うけどね」

藤峰はぽかんと口を開け、しばらくしてはっとした。

「その手があったか！」

本当に陽は藤峰のどこが好きなんだろう。久美には永遠にわからない疑問だ。だが二人の関係が元に戻ったことは、久美にとっても嬉しいことだ。

「藤峰もこれからは自信をもって生きていけるね」

「自信なんて一つもないけどさ。世界中の誰になんと言われようと陽さんが僕を好きでいてくれる限り、僕は僕が好きだと言えるよ」

久美は小首をかしげる。

「それってなんだか依存みたいやねえ」

「思いっきり依存してるよ。だって陽さんは僕の太陽なんだ。僕の世界は陽さん中心に回ってるんだよ。陽さんがいなければ僕は生きていけない」

有頂天な藤峰を、久美は心配げに見つめる。

「そんなふうに思ってたら陽さんの重荷になるっちゃない？」

藤峰は無駄に長い前髪を払って得意満面だ。

「そんなことない。僕は陽さんが輝くためならなんだってするよ。燃える太陽に身を投じることだってできるのさ」

「うん、まあ、お二人が幸せならいいんだけど」

「だろ？　僕たち幸せで幸せで困っちゃって。これから陽さんのお宅に行くんだよ。もう一度、僕の誕生パーティーを開いてくれるそうなんだ」

「知ってる。ケーキはうちのだから」

「そうなの？　どんなケーキ？」

「そこはサプライズかな。その方が楽しいんやない？」

「そうだね！　いやあ、楽しみだなあ」

待ちかまえている三度目の腕ムカデちゃんケーキのことを知らずに、藤峰は上機嫌で店を出ていった。

「陽さんも優しい顔して、藤峰を鍛えあげる気満々なんだよね」

ぼそりと呟いたが、藤峰にはそれくらいの女性の方がいいかと納得して一人頷いた。

ロシアの刺客・プリャーニキ

友人が書いてくれた地図を片手に、大橋《おおはし》駅で降りて商店街を歩く。住宅街に入るあたりの角にある、こじゃれた店にたどりついた。小さな看板に『万国菓子舗　お気に召すまま』と書いてあることを確認する。

ドアについたガラスの小窓から店内を覗くと無人だった。奈津《なつ》がカランカランとドアベルを鳴らして店に入っても、奥から人が出てくる気配はない。たいした予定もないのだ、もう少し時間がかかってもなんということもない。イートインスペースの椅子を借りて待っていることにした。

座った席からはショーケースの生菓子も、壁に作りつけられた棚にどっさり並んだ焼き菓子もすべて目に入る。目の毒だと思い、「どっこいしょ」と言いながらふっくらした体を窓の外だけを見ることができる席に移動させ、真夏の入道雲を見つめる。

お菓子には背中を向けたが、それでも鼻に忍び込む甘い香りが危険だった。四十代半ばを超えて目や耳にはやや疲労がたまりやすくなっているが、鼻だけはますます元気に鋭敏になっていくようだ。

お菓子の誘惑に負けないようにと近所の焼肉店で昼食を済ませてからすぐに来店したというのに、食欲がむくむく湧いてくる。生唾を飲み込んで窓の外をにらむ。力を抜いたら振り返ってしまう。背後にあるのは自分を破滅させる甘い罠だ。

「あ」

厨房から紙袋の束を抱えて出てきた久美の声に驚き、奈津は振り返ってしまった。

「ああ、いけん！　私、振り返っちょる！」

奈津の叫び声があまりに大きくて、久美はびくりと肩を揺らした。奈津が立ち上がりおろおろと慌てている様子を見て、久美は勢い良く深々と頭を下げる。

「申し訳ありません！　お待たせしてしまって」

奈津はその声が聞こえないようで、ショーケースを熱い視線で見つめたが、すぐ目を閉じ両手で顔を覆った。ショーケースから距離を取ろうとじりじりと下がり続ける。ドアの側で体勢を崩してよろけたところを、ちょうど放浪から帰ってきた荘介に支えられ、奈津は両手を下ろして荘介を見上げた。

「イケメン！」

奈津の叫び声があまりに大きく、荘介は思わず噴きだした。

勧められるままに奈津は先ほどまでいた席へ戻って、また「どっこいしょ」と座り直した。荘介も久美も平謝りで、奈津の方も騒がせたことを謝りたおし、しばらく謝罪合戦は続いた。

「もういいですって、大丈夫だから。謝りあいっこするのはここまでにしましょ！」

奈津の声はやはり大きく、荘介も久美も勢いにのまれて頭を上げた。神妙な様子で並んだ二人の顔を交互に見ながら、奈津が尋ねる。

「こちらのお店は、注文したらなんでも作ってくれるって聞いてきたんやけど」

「はい。お菓子でしたらなんでもうけたまわります」

荘介が恐ろしいくらい真面目な調子で答えた。笑いを抑えきれなかったことが申し訳なくてしかたないらしい。

奈津は普段の荘介の和やかな雰囲気を知らないのでごく自然に受け取っているが、久美にとっては冗談でわざと真面目なふりをしているのではないかと思えるほどの珍しい表情だった。

「店長さん、硬い硬い。せっかく知りあえたんだから仲良くしてちょ」

奈津は真面目な調子の荘介に向かい、くだけた大分弁で語りかけ、口を横にいっぱい開いてにぃっと笑ってみせた。荘介に言われたままに、にぃっと笑い返してみせる。奈津は満足げに「そうでなきゃ」と言いつつ、荘介の腕をぱんと叩いた。

「私ね、減量中なの。糖質制限ダイエットってやつをやっちょって。半年前からやけど効果が出とるんよ」

ダイエット話に久美が食いつく。

「糖質制限ダイエットって、お砂糖とか蜂蜜とか果物を避けるダイエットですよね？お米や小麦粉も減らして」

「そうそう、そうなんちゃけど」

奈津は嬉しそうに、おいでおいでするように手を振ってみせる。

「私はね、炭水化物からなにから抜くハードなヤツやってるの。調味料とか外食とか出来合いの料理とかにも注意してね、タンパク質と野菜と油脂で生活しちょる。スーパーに行って原材料を見てごらん。もう、あれもこれも砂糖とか果糖ぶどう糖液糖とか盛りだくさんに入っちょって、毎日の食事を糖質なしにするのがどれほど大変か！」

そう言いながらも奈津は楽しそうに笑っている。苦労を苦労と思わないタイプなのかもしれない。あるいは自分のダイエットに誇りを持っているのか。

「でね、お願いしたいのが、糖質を使っていないお菓子なんやけど」

奈津はどこまでも楽しそうだ。

「糖質オフ・プリャーニキを作ってもらいたいんやけど、できるかな」

荘介は先ほどまでの硬い表情を宇宙のかなたにでも忘れてきたかのように、すがすがしい様子を見せる。

「できます。お任せください」

奈津の口から「ひょっ」という、息なのか声なのかわからない音が出てきた。

「プリャーニキって言っただけでわかるの！」

「ロシアの焼き菓子ですね。蜂蜜とスパイスをたっぷり使って、上面には粉砂糖で模様を描きます。ロシアではさまざまな地方でお茶うけとして出されるような、ポピュラーなお菓子です」

「そう、そう、そう。そうらしいねえ」

奈津は嬉しそうに何度も頷く。

「召し上がったことはないんですか？」

「ないのよね。ずっと食べてみたいと思っちょるけど機会を逃がして。私ね、クッキー大好きっ子で。ケーキなんかより、さくさくしたものがたまらなく好きなんよ」

そう言って、肩からななめ掛けにしたキャンバス地のカバンからタブレットを取りだして、自らのホームページを開いてみせる。

「見て、これが自作ホームページ。プログラミング教室に行って教わっちょって」

どこかの企業のサイトかと見まがうほどしっかりした画面構成と、調和した色彩でまとめられた感じの良いサイトだ。アイスボックスクッキー、ビスコッティ、フロランタン。種々さまざまな焼き菓子の写真が品良く、いかにも美味しそうに掲載されている。

久美が目をキラキラ輝かせてタブレットを覗き込む。

「これ、全部召し上がったことがあるお菓子ですか？」

「このページのはね、そう。食レポっていうちょったっけ、こういうの。食べた日、買ったお店、お菓子の名前、お店で聞いた材料一覧。企業秘密っていうお店も多いがね、聞いてみるんも面白いの」

「見ているだけでお腹が空いてきますね」

「そこな、問題！　ダイエットの敵なページになっちょるんよ」

ダイエッター仲間として心が通じあい、奈津と久美は顔を見合わせて笑う。奈津がサイトの内容を説明する。

「食べたことがあるお菓子がここ。食べてみたいお菓子がここ。自作したお菓子がここ。で、プリャーニキは食べてみたいお菓子の筆頭なわけ」

食べてみたいお菓子の一覧から、プリャーニキのページに飛ぶ。

「お菓子のことは毎日インターネットで検索してあれこれ調べちょるけど、これはちょっと味の想像がつかんの。なにしろロシア料理自体を食べたことがないから。あー、やっぱりあのときダイエット中断して食べちょったら良かった」

奈津はショートカットの頭をガリガリかいて、「ちょっ」と大分弁特有の小鳥の鳴き声のような音で後悔を表す。

「ロシア料理屋さんを見つけたんですか？」

久美が尋ねると、奈津は何度も深く頷いた。

「ダイエット始めたときやき、半年前だわね。まだ寒い時期よ。お昼時に移動販売の車がずらーっと停まっちょるところを通って。そうしたら、あったんよ」

思いだして気落ちしたのか、奈津の声が急に小さくぼそぼそと聞こえづらくなる。

「ロシア料理専門の『アンナの店』っていう移動販売車が、ボルシチとピロシキ売っちょった。金髪のきれーいなお嬢さんがね」

いかにも悲しげで、久美まで表情が暗くなってきた。

「いい匂いがしちょった。ボルシチもピロシキも美味しそうじゃった。そしてなんと、お嬢さんは言ったんよ。『お菓子もありますよ』ってね」

奈津はそこで言葉を切って、はあ、とため息をついた。

「夢にまで見たプリャーニキ。やけど、プリャーニキは糖質の塊じゃった。小麦粉と蜂蜜と……。まんじゅうみたいに丸い姿で粉砂糖を振ってあった。私はいつでもプリャーニキに出会えると思っちょった。ダイエットが終わればあのお嬢さんの笑顔にまた出会えるとね。でもそのあと、あの移動販売車はいなくなっちょったんよ」

悲しそうな瞳の奈津をなぐさめようと、久美は優しく言った。

「たまたまお休みだったのかも」

奈津は悲しげに首を振る。心なしか目が潤んできているようだ。

「そのへんの移動販売車の子に聞いたら、移動はやめて店舗を持つって言うちょったと。開いた店のことはどこにあるかも知らんち」

肩を落とす奈津の様子を見ていると、久美もつられて悲しくなってきた。

「新規にお店を開いたなら、インターネットで情報を探せるんじゃないでしょうか」

「福岡市内のロシア料理店で検索したが見つからん。それ以外どこへ行ったか雲をつかむような話じゃけー」

久美がしみじみと言う。

「じゃあ、諦めるしかなかったんですね」

「どうにも諦めきれん。じゃーけー、プリャーニキを作ってもらおうち思って。どうせなら糖質なしで作ってもらったら、二度美味しかろうち思ってね」

「それで当店を選んでいただけたんですね。ありがとうございます」

「すごく美味しいって聞いて楽しみに来たわけ。予約したらいつ頃できる？」

荘介を見上げると余裕の表情を浮かべている。

「一時間ほどで焼けます」

「そんなに早く？　じゃあ今日のうちに作ってほしいわ。大分から出てきとるけね。帰るまでに間に合うっち話なら、助かるわ」

「かしこまりました。すぐにとりかかります」

「その間お買い物してくるわ。ここにいたら食欲との戦いで大変なことになるき」

奈津は明るく笑う。電話番号と重松《しげまつ》奈津という名前を伝えると、久美に見送られて意気揚々と出ていった。

荘介は厨房に移動してプリャーニキの材料の準備を始めていた。久美は厨房に顔を出すとぺこりと頭を下げる。

「すみません、荘介さん。私、重松さんをお待たせしてしまって」

「いえ、僕の方こそ大変な失礼をしてしまって迷惑をかけました。すみません」

荘介も久美と同じように頭を下げる。店長から謝罪を受けることなどそうそうあるものではない。返答に困った久美は話を変えることにした。

「あ、荘介さん！　急がないとプリャーニキが時間内に間に合いませんよ！」

不自然に大きな久美の声に気遣いを感じたのか、荘介は微笑んで仕事に戻った。

「時間は余裕をもってお伝えしたので大丈夫ですよ」

調理台に揃えられた材料は、ココナッツパウダー、サイリウム、卵、バター、ベーキングパウダー。

「グルテンフリーのお菓子のためによく使う材料ですね、ココナッツパウダーもサイリウムも」

「ココナッツパウダーは小麦粉と比べてはるかに糖質が低いですから。粘りを出すためのサイリウムはオオバコの種皮ですから、食物繊維のかたまりですし」

手を止めて荘介が尋ねる。

「久美さんはプリャーニキを食べたことがあったよね」

「はい、私が高校生の頃に荘介さんがロシア菓子デーを開催しているところに居合わせて。蜂蜜の香りがしてスパイシーでとってもエキゾチックでした」

懐かしい味をうっとりと思いだしていた久美が、「あれ」と声をあげた。

「蜂蜜って糖質そのものじゃないですか？　糖質制限中は口にしない方がいいんじゃやな

いでしょうか」

「そうだね。だから、これを使います」

そう言って厨房の床の扉を開け、地下貯蔵庫から陶器の酒瓶を取りだす。書かれている文字はどこの国のものかもわからず、まったく読めない。

「リトアニアのお酒、ハニーシュナップスです。蜂蜜酒ミードを蒸留したものだよ。蒸留酒には香りが残るけれど糖質はないんだ。これで香りづけするよ」

「そんな珍しいお酒の準備ができてるなんて。糖質制限のプリャーニキを作ることを予知して買っておいたんですか？」

「そうだったら楽しいね」

久美はわざと大きなため息をついてみせる。

「また珍しいからって面白半分で買ったんですか？」

荘介は一瞬言葉に詰まったが、すぐに持ち直した。

「美味しそうだったから買ったんですよ。ちゃんと飲みますよ、もちろん。久美さんも飲むでしょう？」

「味見させていただけるなら、やぶさかではありません」

叱られなかったことにほっとしつつ、スパイスも準備する。シナモン、カルダモン、ナツメグ、クローブ、フェンネル、コリアンダー。

「スパイスをなんでもかんでも突っ込むようなお菓子ですね」

「スパイシーという言葉が語源のお菓子だからね」

「ロシア語でスパイシーってなんて言うんですか？」

「プリャーニィと言うそうだよ」

「プリャーニィ、プリャーニキ、そのままですね。私が食べたプリャーニキの生地はスパイシーなのに加えてお砂糖でほんのり甘かったですけど、今回は糖質ゼロ甘味料を使うんですか？」

荘介は植物由来の糖質ゼロ甘味料を調理台に置いたが、「生地には使いません」と首を横に振る。

「ココナッツフラワーとスパイスでかなり甘味を感じることができます。糖質制限をしている方は甘味に敏感になることが多いですから、生地にまで甘味料を使うと甘すぎになるでしょう」

「じゃあ、なんで準備してるんですか？」

「焼きあがりにかける粉砂糖の代わりにします」

久美は「ふんふん」と頷いて、見学態勢に入った。

ボウルにバターを入れ、白っぽくなるまで練る。

そこに卵を入れてダマが残らないようになめらかにのばす。

残りの粉類とスパイス、ハニーシュナップスを入れてよくかき混ぜる。生地はスパイスの色で褐色になる。

ややとろみが出るくらいまで水を足していき、サイリウムとココナッツパウダーが水分をしっかり含むまで攪拌する。

「はい、あとは焼くだけです」

「思いっきり混ぜてましたけど、硬くなったりしないんですか？」

「小麦粉生地だと混ぜすぎは大敵ですが、ココナッツパウダーの場合はグルテンが関係しないので大丈夫です」

生地を丸めて一口大のふっくらとした丘のように形成したら、オーブンで焼く。

「あっという間ですね」

「生地を寝かせる時間もいらないし、お菓子作り初心者向きかもしれないね」

調理台の上をさっとかたづけている荘介に、久美が尋ねる。

「私が食べたプリャーニキにはジャムが入っていたし、型抜きされて表面に模様もついていましたけど、重松さんのご注文は違いましたね」

荘介は嬉しそうに笑う。

「久美さんが僕のプリャーニキを食べたのは何年も前のことなのに、ちゃんと覚えていてくれるんですね」

「食いしん坊ですから」

久美は小さな体で大きな存在感を示そうと胸を張る。

「プリャーニキは作られる地方によってさまざまなタイプがあるんだ。久美さんが食べたのはトゥーラという地方の名物になっているプリャーニキだよ。もとは祭礼の日に食べるものだったと言われているもので、今日作ったプレーンタイプは各地の家庭で日常のお茶うけにされることが多いものです」

「ジャム入りを毎日食べると後悔しそうですもんね、カロリー的に」

「ココナッツフラワーを使った焼き菓子も、カロリーは高いですよ」

久美は「おう」と呻いて、オーブンの中のプリャーニキを悲しげに見つめた。

「ですがココナッツパウダーのカロリーのほとんどである脂質、その中でも多く含まれているのが中鎖脂肪酸ですが、これはすぐにエネルギーになるので脂肪として蓄積されにくいものです」

「でも、やっぱりカロリーは取りすぎたらだめですよね……」

「それはそうだね」

久美は、今日は走って帰ろうと心に決めた。

ココナッツパウダーのプリャーニキはすぐに焼けた。小麦粉生地のお菓子とは違ってあまり膨らまず、ほぼ成型したままの状態でオーブンから出てくる。

スパイスの刺激的な香りがさまざまに混ざって、どこか懐かしさを感じさせる。

粗熱を取るために網の上に並んだプリャーニキを見つめて久美が言う。

「黒糖まんじゅうのようにも見えますね」

「それよりは色が薄いね。お茶うけに最適だという点では似ているかもしれない」

冷めたプリャーニキに甘味料をさらさらと振りかけると、うっすら雪が積もった丘のような雰囲気になる。

「北国のお菓子っていう感じになりましたね」

「使っているココナッツパウダーは思い切り南の食材だけれど。さて、小麦粉を使ったものと変わりがないか試食してみてください」

荘介から手渡されたプリャーニキを手に取り、久美はまじまじと見つめる。

焼く前の生地は薄い茶色だったが、今は焼き色がついて多少濃い茶色になっている。

小麦粉製のプリャーニキより色が薄いのは焼き時間が短いせいもあるだろう。

ぱくりと食いつく。まだ生焼けではないかと思うくらいのやわらかさで、クッキーというよりカップケーキなどのようなしっとりした食感だ。

「上にかかっている甘味料なしでも、生地だけで甘さを感じます。ココナッツぽさはなくて、昔食べたプリャーニキと同じでスパイスの温かい感じがします」

久美はしっかりと頷く。

「あの日と変わらず美味しいです」

「良かった。安心して重松さんにお渡しできます」

「これなら気に入っていただけますよ」

久美は荘介に笑顔を向けた。


奈津は約束から三十分過ぎて戻ってきた。両手に大量の紙袋を抱えて、すっかり買い物に満足した様子だった。

機嫌良くイートインスペースにやって来て、テーブルに置いたプリャーニキを見ると「これこれ！　あの店のによく似ちょる！」と飛びつくように椅子に腰かけた。荘介はどこかに消えていたのだが、そんなことに気づいた様子もなくプリャーニキに夢中だ。

満を持してさっそく一口齧ったのだが。

「んー……。こんな味のものだったのかあ」

先ほどまでのハッピーのかたまりのようだった様子がすっと消え、戸惑いの空気が流れた。それでも奈津はプリャーニキを三つ食べたが、残りは持ち帰ると言う。久美はプリャーニキを包装してテーブルに運んだ。

「あの、お口に合わなかったでしょうか」

尋ねると奈津は笑顔で首を振る。

「いや、美味しいけどね。ただ私が想像した食感や味と違っただけなのよ。もっとさくさくしちょるのかと思っちょった。味も胡椒系のスパイシーさなんかと思っちょったんよ。やっぱりあのときダイエットを諦めてまで買わなくて正解だったかもね。本物も同じ味だったら、ダイエットがだめになって二度がっかりしたわねえ」

奈津はそれでも納得できないようで「んー」と唸り続ける。

「胡椒風味じゃなくても、このスパイス加減は嫌いとは言わん。けど……。それでも、歯ごたえだけはどうしてもさくさくがいいけえ。そうだ！」

ぱっと笑顔になった奈津は久美を見上げる。

「プリャーニキ風味の糖質制限さくさくクッキーを作ってくれんかね。そんなら私も好きになれるかもしれんわ」

　荘介が作ったお菓子が好きじゃないとはっきり言われたことにショックを受けつつも平静を装って、久美は予約票を取ってきて奈津に渡した。予約は二週間先、夏物の最終バーゲンのためにまた来るからと奈津は元気に帰っていった。

「食べたかったのは荘介さんのプリャーニキじゃなかったの……？」

　奈津は本当はなにを求めていたのか。糖質制限のプリャーニキ、その注文には確かに応えたはずだ。味だって美味しかった。

　だが求められていたものは違ったのだ。では、どうすれば受け入れられたのか？　さくさくの口あたりにすると、それはもうプリャーニキではない。奈津も言っていたとおり『プリャーニキ風味のクッキー』だ。考えてみたがどうにもわからなかった。

　もし、奈津がプリャーニキ風味のクッキーを食べて口に合わないと言ったら、それは荘介の味がまったく受け入れられないということではないだろうか。

　奈津は、本物も同じ味だったらがっかりしたと言った。プリャーニキ風味のクッキーを食べてもその味が好きでなかったとしたら、本当はロシアの人が作るものとは違うのではないかと疑いはしないか。荘介のお菓子作りの腕を信用しなくなるのでは。

　荘介のお菓子は世界中の人に愛されるのだと信じて疑わなかった久美は、初めてその思いに疑問を持ち、足許が揺らぐような不安を感じた。

カランカランとドアベルが鳴っても浮かない顔のままの久美は、放浪から帰ってきた荘介をじっと見つめた。いつもならありえないほど仕事に集中できていない様子を見て、荘介はショーケースに歩みよる。

「どうしたんですか、久美さん。なにか困ったことでも？」

「重松さんからご予約をいただきました」

「プリャーニキに代わるものをですか？」

久美は驚いて目を丸くした。

「どうしてわかったんですか！」

「重松さんは、プリャーニキを召し上がってもお気に召さないんじゃないかと思っていました」

荘介はどこまでも冷静だ。久美は聞きたいことがあるのに、なぜかその質問が声にならない。

『じゃあ、どうして最初からお好みの味にしなかったんですか？』

そう尋ねてみて、もし荘介が客に好かれるお菓子を作ることよりも自分流の味だけを追求しようとしたと答えたら……。そのとき、注文があればなんでも作るというモットーを掲げるこの店はどうなってしまうのだろう。

『お気に召すまま』が変わってしまう可能性、そんなことを少しも考えたことなどなかった。

久美は不安を感じたまま、荘介に予約票を手渡した。荘介はいつもどおり自信に満ちあふれている。プリャーニキクッキーについてきっとなにか勝算があるのだろう。それでも久美の顔にはまだ心配そうな表情が張りついたままだ。今度のお菓子も気に入られなかったらどうしよう。

その思いを荘介に悟られないように飲み込もうとして、どうにも飲み込めないまま久美は下を向いた。

それから何日も、久美の頭の中では同じ悩みがぐるぐると渦巻き続けていた。きっと荘介には久美が話したいことがあるのに口に出せないことなどお見通しだったのだろう、いつもより優しい気がする。そう思っても、やはり口は開かないのだった。

「よお、久美ちゃん。寝ぼけてるのか？　目がしょぼしょぼしてるぞ」

厨房からやって来た長身の男性が軽い調子で片手を挙げる。慣れた様子で肩にかけているバックパックをイートインスペースの椅子に置く。久美はため息をついた。

「裏口から入ってくるのはやめてくださいって言ってるじゃないですか、班目《まだらめ》さん」

荘介、由岐絵と幼馴染みの班目太一郎《たいちろう》は、しょっちゅう『お気に召すまま』に入りびたっているが、久美をからかうために「やめてください」と言われるようなことをわざとしてみせる。裏口から入るのもその一環なのか、それとも子どもの頃からの習慣なのかはわからない。

「本当に静かじゃないか。体調でも悪いのか？」

「普通です。それより班目さんこそ、久しぶりじゃないですか。体調を崩してたんですか？」

「俺が？　まさか。出張に行ってただけだよ」

「ライターさんも出張があるんですか」

班目がフリーのグルメライターで年中取材して回っているのは知っているが、基本はパソコンに向かっているのが仕事だと久美は思っていた。

「いつも寄稿してる雑誌で特集記事を任されてな。大分まで行ってたんだ」

「大分！」

大分と聞き、奈津のことが胸に迫った久美は班目に詰めよった。

「班目さんならもしかして知ってるんじゃないですか！」

「なにを？」

「天神で移動販売車を出していたロシア料理の人がお店をかまえたそうなんです。そんな話を聞いたことはないですか！」

久美の勢いに押された班目は、すぐに口を開くことができなかった。久美はまた、ずいっと前に出る。

「ロシア人のお嬢さんがやってるんだそうです！　プリャーニキも売ってるらしくて。でもいつ移動販売をやめたのかもわからなくて……って、こんな情報だけじゃわかりませんよね」

尻すぼみになっていく久美の言葉に、班目はむっとした様子で口を開く。

「それはプロに向かっての宣戦布告か？　探しだしてみせようじゃないか」

「いえ、いえ、いいんです」

久美は慌てて両手を振って班目を止める。

「見つからない方がいいんです……。なにかの間違いやもん。荘介さんの味が受け入れられないはずがないけん」

すっかり元気をなくして俯いてしまった久美を、班目は困った表情で見下ろした。

「まさかとは思うが、荘介がお菓子作りで失敗でもしたのか？」

近いところをつかれて久美は顔を上げ目を丸くしたが、すぐにまた俯いてしまう。

「荘介さんは失敗なんかしません、するわけないじゃないですか。お客様の注文どおりの商品をお出ししました」

班目はイートインスペースの一席を占拠して、久美にも座るようにと手招いてみせた。素直に席についた久美はしばらく迷ってから続く言葉を口にする。

「でもお客様が求めていた味は荘介さんが作ったものとは違ったんです。お客さまが食べたかったのは、さくさくしたプリャーニキだったんです」

「プリャーニキはロシア菓子だったな。たしかさくさく系統じゃなくて、ふっくらした食感のものだろ」

「はい。ただ、お客様はご存じなかったみたいで」

「それで食べた客が不満だったと」

こくりと頷いた久美の視線がテーブルの上をさまよう。

「見たことがあるだけなのに、本当の味がどんなものかなんて、お菓子の名前しか知らないお客様にはわからないですよね。お客様はさくさくしたものがお好きだと初めに聞いていたんだから、普通のプリャーニキじゃなくて最初からさくさくしたものを作った方が良かったんじゃないかって思って」

班目はテーブルに肘をついて、久美の顔を覗き込む。

「それは荘介と話しあう問題だと思うが。話せない理由があるのか？」

「わかりません……。なぜか話そうと思っても口が開かないんです。それで本場の人のプリャーニキを食べたらなにかわかるかもしれないと思って」

班目はバックパックから分厚い手帳を取りだすとぱらぱらとめくって、何軒かの店名をメモして久美に渡した。

「この辺りの輸入食材商、近隣で新規オープンしたロシア料理を置いているカフェ、福岡市近郊のロシア料理店。俺が知っているのはこのくらいだな」

差しだされたメモをおそるおそる受け取った久美は、班目を見上げた。

「移動販売車で商売していたなら福岡市内で店をかまえているとは限らない。だが可能性に賭けてみるのもいいんじゃないか。あとは久美ちゃん次第だ」

「……ありがとうございます」

頷いた班目は何事もなかったかのように、バックパックからノートパソコンを取りだして仕事を始めた。普段どおりを装おうとしている姿がわざとらしくておかしい。

久美もできるだけいつもの調子に聞こえるように、「お店で仕事しないでくださいって言ってるじゃないですか」と苦情を述べた。

翌日曜日、『お気に召すまま』の定休日に、久美は家にこもって班目からもらったメモを頼りに電話をかけまくった。

移動販売していたらしいロシア人女性の情報はすぐに知れた。ロシアの食材を仕入れていた食材商もわかったし、日本人向けの店にするために何店舗ものロシア料理店に通っていたらしいこともわかった。

だがそこまでだった。誰も彼女がどこに行ったのかは知らなかった。

「久美さん、お使いをお願いします」

昼時、普段より一時間も早く荘介が放浪から戻ってきた。久美の昼休みのために店番を交代するのはいつものことだが、こんなに早く帰ってくることは珍しい。

「美味しいものを買ってきてほしいんです」

「美味しいものですか？」

「はい。天神のオフィスビルが密集しているところにランチを販売する車が並ぶ場所があるのですが、そこで久美さんが買いたいものを片っ端から買ってきてください」

荘介は久美にたっぷりと経費を渡すと、ショーケースの裏に引っ込んでひらひらと手を振った。久美はわけがわからないながらも店を出て、電車に乗った。

電車で十分ほどで繁華街・天神につく。ファッションビルとオフィスビルが混在するにぎやかさがあるところだ。平日のお昼時、人通りはオフィスビル界隈の方が多いようだった。

荘介に言われた場所に行くと、確かに移動販売車がずらりと並んでいる。テーブルを出している弁当屋、小さなワゴンでラスクを売っている店やケーキ屋まであった。

「あ！」

道の先にロシア語らしい看板が見えて走っていく。もしかしてロシア料理の移動販売車ではないか、奈津が探していた女性がまた移動販売を始めたのではないかと思ったのだが、まったく違った。近づいてよく見るとロシア語ではなくトルコのケバブを売っている車だった。だが、もしかしたら聞いてまわれば、誰かがロシア料理の店のことを知っているかもしれない。

どの店にもランチを買い求める人の列ができていて、話だけを聞くのは難しそうだった。荘介が美味しいものを買ってくるようにと言ったのは、各店で話を聞いてくるようにという意味だったのだろう。気を配ってくれたことに感謝して、久美は片っ端から店を回った。

質問は簡単だ。

「この辺りでロシア料理を車で移動販売していたロシア人の女性が開いたお店を知りませんか？」

答えは軒並み同じだった。

「その移動販売車は知っていたけど、今どこにいるかは知らない」

久美の両手の中に美味しいものがたくさん積みあがっていく。ケバブサンドや佐世保バーガー、天津飯、幕の内弁当も美味しそうな匂いをさせているが、食欲が湧くどころではなく久美は次第に落ち込んできた。

自分がなにを求めてなにがしたいのかわからなくなった。

奈津が荘介の作ったプリャーニキに満足できなかったことが悲しい。荘介が注文どおりのお菓子を作ったのに認められなかったことがショックだった。今までの自分なら、荘介にもう一度プリャーニキを作って奈津に感激してもらおうと言っただろう。

でも今はそう思わない。奈津に食べさせたいと思うのは糖質制限プリャーニキでもさくさくクッキーでもない。奈津が最初に食べたいと思ったという、ロシアのお嬢さんが作ったプリャーニキだった。

「アンナの店なら今泉《いまいずみ》にあるよ。今はロシア料理じゃなくてパンケーキの店だよ」

そう教えてくれたのはジャークチキンを商っている男性だった。その店の名刺まで持っていて渡してくれた。

店の名前は『パンケーキ・マニア』。所在地の今泉までは歩けなくもない距離だが、今は両手いっぱいのお弁当が重すぎてへこたれそうだ。一旦、店に戻ることにした。


「ただいま戻りましたあ」

カランカランとドアベルを鳴らし店に入ると、荘介がやって来て荷物を受け取った。

「あれ、思ったより量が少ないですね」

「運良く、早めに目的のお店が見つかりまして」

荘介は優しく笑って頷いた。

「では、せっかくですから温かいうちにいただきましょうか」

いくつものお弁当の袋を持って厨房に入ると、班目が折りたたみ椅子に座って待ちかまえていた。

「あれ。弁当、思ったより少ないな」

「班目さん、荘介さんと同じこと言ってる」

久美は笑ってビニールの包みを開けていく。

「その様子なら、探し人は見つかったんだな」

ずらりと並んだランチボックスの中から、班目がさっさと三つ取っていった。

「あー、一人で先に好きなもの取ってズルいですよ」

「量が多いものから順に取っただけだ。二人とも好き嫌いはないんだからなんでもいいだろう」

「そういう問題じゃないです。その日の気分ってあるじゃないですか」

荘介は腕組みして弁当をじっくり観察しながら、久美に尋ねる。

「久美さんは今日、なに気分ですか」

「インドカレー気分です」

「いいね、インドカレー」

「半分こにします？」

班目がにやにやと二人を眺めていることに気づき、久美の表情が尖る。

「なんですか、班目さん。なにか言いたいことでもあるんですか」

「いやあ、べつに。仲良しのお二人には俺はお邪魔かなあと思ってな」

「邪魔だから帰ってよ、班目」

荘介があっさりと言うが、班目は聞く耳を持っていないようで椅子に深く腰を沈めて弁当の蓋を開けた。

「それで久美ちゃん。探してた店はどこにあった？」

久美が名刺を見せてやると、「パンケーキ専門店かあ」と感心した声をあげた。

「ロシア料理からパンケーキに乗り換えてるとは、うかつだった。やられた」

「パンケーキと言いながらブリヌイ専門店かもしれないよ」

「そういう可能性もあるな」

久美が首をひねる。

「ブリヌイってロシア料理ですか？」

「そうです。パンケーキという呼び名がそのままぴったりの形状と作り方だよ。ロシアで日常的に食べられるけど、マースレニッツァという春のお祭りには欠かせないものなんだ。ジャムなどをつける他に、キャビアやサーモンを添えることもあります」

「キャビア！　贅沢ですね。いいなあ」

「食べに行こうか、日曜日に」

「はい！」

班目がからかいたくてしかたないという顔をしていたが二人は知らぬふりをして、いくつかの弁当をシェアし、和やかに昼食会は終わった。

＊＊＊

アンナの店だという『パンケーキ・マニア』はまさしくブリヌイ専門店だった。

店は広くはないが、ナチュラルウッドを基調にした店内は明るく居心地がいい。額に入れられたいろどり鮮やかなロシアの織物が白い壁に飾られている。働いているのは金髪の若い女性が二人。どちらかがアンナだろう。

荘介と久美は開店とほぼ同時に店に入った。流暢な日本語で「いらっしゃいませ」と迎えられて席に着く。店内には既に二人の客がいてのんびりとくつろいでいた。

メニューを開いた久美が「あ！」と声をあげた。

「プリャーニキがあります！」

いつの間にか側まで来ていた女性がにっこりと笑う。

「ロシアのお菓子をご存じなんですか」

「はい！　食べたこともあります！」

「そうなんですか。良かったらうちのプリャーニキも食べてみてくださいね。家庭的な味なんですよ」

　水が入ったグラスを置いて、女性は厨房の方へ戻っていった。

「家庭的っていうなら、ロシアの基本の味そのものかも……」

　久美はプリャーニキを食べることを前提にメニューを見て、悩みに悩んでスモークサーモン入りと、チョコレートとサワークリームのブリヌイを選んだ。

　料理の待ち時間にと店の女性がロシアの風景写真集を持ってきてくれた。荘介が受け取ってめくっている間に、久美は女性に話しかけた。

「あの、アンナさんは……？」

「私がアンナです。そして、彼女もアンナ。同じ名前なんです」

　接客担当らしい女性は自分と厨房の奥にいる女性とを交互に指さす。

「お二人ともアンナさん？　じゃあ、移動販売をなさっていたのは、どちらのアンナさんですか？」

「どちらもです。二人で一日交替で担当していました。今日が私なら、明日は彼女。そういう風に」

「え、え、え、じゃあ、プリャーニキを作っていたのは？」

「それも一日交替でしたよ。一日交替で味が違うんです。今はお店に出す分は彼女が全部作っていますけど」

　ぽかんと口を開けた久美に、ウエイトレスのアンナは優しい笑顔を見せた。

「移動販売のアンナを探していらしたの？」

「はい。アンナさんのプリャーニキを食べてみたかったという方がいて……。でも二つの味があったなら、どちらが食べたかった味かわからないですよね」

「そうですね。私たちが作るものは形はとてもよく似ているから、見た目だけでは判断は難しいでしょう」

　出来上がった料理が厨房からカウンターに出されたのをきっかけに、アンナは仕事に戻った。料理が運ばれてきても、久美は皿よりもアンナに目がいってしまう。

「スモークサーモンのブリヌイと、イクラのブリヌイです」

　アンナが去り、香ばしい匂いに惹かれて目を皿に移した久美の顔が明るく輝く。

「パンケーキっていっても薄いんですね。どちらかというとクレープに近いみたい。それに棒状に巻いてあるのが珍しい」

「メキシコ料理のトルティーヤの巻き方に似てるよね。三角にたたんで食べる方法もあるし、小さく丸く焼いてトッピングをのせて前菜にすることもあるらしいよ」

　久美は元気良く、大きめの一口大に切りわけて頬張る。

「ふんわりしてる。生地が少し甘くてスモークサーモンと合います」

「イクラも美味しいよ。いる？」

さらに元気良くぶんぶんと頷いた久美にイクラのブリヌイを分けてやると、嬉々として大きく口を開けて頬張る。荘介はそれを嬉しそうに見つめた。

デザート系のブリヌイまで食べ終え、プリャーニキを待つだけになった。荘介はまた写真集に目を落とし、久美はこれから現れるプリャーニキを思って緊張していた。

もし今からやって来るプリャーニキが、荘介が作ったものとまったく違ったらどうしよう。奈津が食べたがったプリャーニキをまったく知らないまま、荘介が作ったのだ。

もしスパイスの風味さえ全然違ったのだとしたら。荘介が作ったものがロシアの味ではなかったら？

考えだしたらきりがないとわかっている。今さら考えてもしかたがないことも知っている。けれど、どうしてもその味を確かめたいと思ったのだった。

「お待たせしました、プリャーニキです。こちらは厨房のアンナが作ったもので、こちらは私が作ったもの、サービスです。どうぞ味比べしてみてください」

注文したのは二つだが、皿には四つのプリャーニキがのっている。

紅茶と一緒に運ばれてきたプリャーニキは、糖質制限プリャーニキとよく似ていた。

そのことで久美の不安は少しだけやわらいだ。しかし味はどうだろう。やはり小麦粉や蜂蜜を使わないと、味はまったく違うはずだ。

ピンポン玉を半分に割ったような形のプリャーニキの表面には、真っ白な粉砂糖がたっぷりかけられている。久美は緊張で震えそうな手で、コックのアンナが作った方のプリャーニキを二つに割った。それでもまだ口に入れる踏んぎりがつかず、もう半分に割る。

「久美さん。今日はまた、おしとやかデーですか？」

いつもの冗談を口にした荘介の声に顔を上げる。相変わらず優しく微笑んでいる荘介には、きっとすべてお見通しなのだ。久美はいつものように笑えますようにと思いながら、プリャーニキを掲げてみせた。

「そんな催し物は行っておりません」

視線を交わして笑いあい、久美は思いだす。荘介の味のことは自分が一番知っているということを。荘介の味を世界中の誰より自分が一番好きなのだということを。だから大丈夫、誰がなんと言ってもきっと荘介のお菓子は世界一美味しい。自分はなにがあっても誰の前でも、荘介のお菓子を好きだと大声で言える。

せっかく割ったプリャーニキを集めてまるまる一個分、勢い良く、ぱっと口に入れてよく噛む。

「ん！」

噛んでも噛んでも、コックのアンナが作ったプリャーニキは、荘介が作った糖質制限プリャーニキと同じ方向性の味だった。使われているスパイスが同じなのだろう、鼻に抜ける香りがそっくりだ。

もう一つのプリャーニキも食べてみる。同じ国の出身で一緒に働いているというのに、二人のアンナの味はまったく違った風味だった。コックのアンナのプリャーニキはスパイスがキリリと効いていて、もう一人のアンナのものは甘味がまろやかだ。

三人が作ったプリャーニキはどれも美味しい。どれが劣っているとか優れているとか、本物だとか偽物だとか、そういう判断ができるものでは決してなかった。

母の味、家庭の味、懐かしい香り、生まれ育った土地の味。きっと二人のアンナが作る味が違うのも、彼女たちそれぞれの人生を詰め込んだ味だからなのだ。

プリャーニキを食べる人もそれは同じで、慣れ親しんだ自分の味を大切にしながら新しい美味しさを追求していくのだろう。

「お口に合いましたか？」

ウエイトレスのアンナがやって来て尋ねた。久美はこくりと頷いた。

「どちらも美味しかったです。今は売っていないあなたの味じゃなければだめだっていうファンの方も、きっとたくさんいらっしゃるんでしょうね」

アンナは嬉しそうに笑う。

「そうだといいんだけど。みんな、自分の一番は心の中に隠しているものだから、わかりませんね」

それは謙遜かもしれないが、真実の一片なのかもしれないと久美は思った。


満腹の帰り道、久美はぼうっと奈津のことを考えていた。彼女が求めていた味はおそらく荘介の味でもアンナたちの味でもない、自分の心の中にある大切ななにかだ。あるいは好きなものの延長線上にある、まだ見ぬ理想の焼き菓子の幻でしかないのかもしれない。それがなにかは、きっと奈津にもわかっていないだろう。

「ねえ、荘介さん。プリャーニキに似た日本のお菓子って、なにかありますか？」

「見た目のことなら黒糖まんじゅうに似ていると久美さんが言っていたけれど」

「その他に」

荘介は空を仰いで「んー」と考える。

「かりんとうまんじゅうとか、餡入り葛もちとか、薄皮まんじゅうとか、味噌まんじゅうとか、丸ボーロとか、蕎麦ボーロとか……」

「いいです、いいです。そのくらいでいいです」

「もういいんですか？」

「はい。荘介さんに聞いたのが間違いでした。とても一つに絞りきれません」

「大分でしたら、蕎麦まんじゅうもプリャーニキに似ていると思いますよ」

久美はちらりと荘介を見上げる。やっぱり荘介はなにもかもお見通しだ。

「重松さんはやっぱり蕎麦まんじゅうも苦手だと思います？」

「さあ、それはどうかわからないけれど」

「でも重松さんが好きになる味がどんなものだったのかは、最初から見抜いていたんでしょう？」

荘介は、申し訳なさそうに軽く眉を寄せて笑う。

「僕は占い師ではないから人の気持ちをあてることはできないよ。『ケーキなんかよりさくさくしたものがたまらなく好き』と重松さん自身がおっしゃっていたから、しっとりしているプリャーニキではお口に合わないかもと予想していただけです」

「予想してたなら初めからさくさくしたものを作れば……」

「それはうちの店のモットーに反するかもしれないね」

「お店のモットー……、注文があればなんでも作る」

久美の呟きに荘介は頷く。

「そう。たとえそれがお客様の口に合わないだろうと思っても僕は作りますよ」

「でもそれで『お気に召すまま』を嫌いになられたら……」

荘介は優しく微笑む。

「もちろん、そうならないように美味しいものを作る努力をしますよ」

荘介がそっと久美の手を握る。

「たとえ美味しいと言ってもらえても、それが求められたものと違うこともある。誰にでも、きっと世界のどこかに、今はまだ知らない心から求める味があるだろうから。宝物を探すようにね」

久美は奈津が未知の美味を求めて船に乗り込み、世界の海を制覇する姿を想像して、クスリと笑う。

「僕が注文されたプリャーニキはその味じゃなかったけれど、これから作る糖質制限さくさくクッキーは重松さんが探している宝物にしますよ」

穏やかでのんびりとした口調だったが、荘介が新しいお菓子を作れることにわくわくしていることがつないだ手から伝わってきた。荘介に客に満足してもらえるお菓子を作れることが心から嬉しいのだ。それを確かめられて久美も嬉しくなり、握る手にきゅっと力を込めた。

予約当日、久美は朝からそわそわしていた。荘介がこれから作るクッキーも奈津の気に入らなかったらどうしよう。本当はプリャーニキの味じゃないのではと疑われたら。そのときはアンナのプリャーニキを食べてもらって間違っていないことを伝えようか。でも糖質制限の壁がある。もしものときは自分が味を口伝えにするしかない。

もろもろのことを考えていると、ショーケースにお菓子を並べ終えた荘介が久美の眉間をつついた。

「なんですか？」

「しわが寄ってますよ。ずいぶん気難しい人のように見えます」

久美はしわを伸ばそうと眉間をマッサージしてみた。それだけでもだいぶリラックスできて、プリャーニキでいっぱいだった頭の中が少し整理されたようだ。

鼻歌を歌いながら厨房に戻る荘介の気楽な背中を見ていると、まあなんとかなるだろうという気持ちになる。胸の前で両手を握りしめて一つ頷くと、荘介のあとを追って厨房に向かった。

調理台の上には既にクッキーの材料が並べられていた。

内容はプリャーニキとほぼ同じ。ココナッツパウダー、卵、バター、ベーキングパウダー、ハニーシュナップス、それとスパイスだ。今回、サイリウムだけは外されている。

「荘介さん、クッキーにはサイリウムを入れないんですか？」

久美が尋ねると、荘介はボウルに入れたバターを練る手を休めずに答える。

「サイリウムは粘りが出るものだからね、入れるとさくさくとは対照の食感になってしまいます」

「プリャーニキはサイリウムを使ってしっとりを追求してたんですか。それ以外は同じなんですね」

なめらかになったバターにどんどん材料を足していきながら、荘介はベーキングパウダーの小瓶をひょいと持ち上げてみせる。

「その他に、ベーキングパウダーを少なめで薄く仕上げます。それと、いつも店に出しているバニラクッキーは一センチの厚さだけれど、今回はその半分にして歯ごたえを軽くします」

久美が「ほー」と感心している間にも、荘介は材料をすべてボウルに投入して、ぐるぐるとかき混ぜていく。

「水を入れないのも、さくさくのためですか」

「そうです。代わりにバターの量を増やしています」

棒状にまとめた生地をラップで包み、冷凍庫で冷やす。

「ココナッツフラワーの生地でもクッキーだと寝かせるんですね」

「バターの量を増やすと、焼いている途中に溶けだして型崩れしやすくなるからね。予防策だよ」

生地を寝かせている間にオーブンの準備をして、調理台の上を手早くかたづける。

「今回もお茶うけタイプの丸形ですか？」

「いえ、いつも使っているスペクラティウスの型で模様をつけます」

久美はハッと目を見開いた。荘介が準備しているドイツの薄焼きクッキー、スペクラティウス用の型を指さす。

「そういえば、プリャーニキってスペクラティウスとスパイスの風味がそっくりじゃないですか！」

「プリャーニキはロシア語でスパイシーという意味なわけだけれど、スペクラティウスの語源もスパイスという意味のオランダ語ではないかという説があるんだ。スペクラティウスはヨーロッパ各国で食べられているものだし、ロシアでも同じような味が好まれても不思議はないのかもしれない」

「国境のないお菓子、なんだか平和の使者みたいですね」

「そうだね」

よく冷やした生地を薄く伸ばして、型に合わせた分量に分ける。

先代から使い続けている、絵柄が彫り込んである木型に打ち粉をして生地を詰める。

薄焼きにするため、穴の八分目ほどの高さまで詰めて軽く押さえる。

型の上下を返して調理台に打ちつけ、手のひら大に形成された生地をはずす。

「ふくろうと象と馬、かわいいです」

「はい。これならロシアでも通用するモチーフだと思って」

クッキーが焼けるまでの間、店舗の仕事をするために久美は厨房から出ていった。

型抜きした生地を天板に並べてオーブンで焼く。

焼けるに従い、スパイスが強く香ってくる。雪の日の暖炉の温かさを連想させて、今は晩夏なのにどこかほっとする。

焼きあがったら、しっかり冷ます。オーブンから出したばかりだとしっとりしているのだが、冷めれば硬く締まる。

焼きあがりの香りに引きよせられた久美が、厨房に戻ってきた。

「糖質制限クッキーの方が、プリャーニキより香りが立っている気がします。お店の方まで匂ってきましたよ」

「スパイスは脂溶性のものが多いからね。バターが多ければその分、焼いている間にスパイスから香り成分がより引きだされる。カレーを作るときに最初にスパイスを油で炒めるのも同じ理由だよ」

「同じスパイスでも、カレーとは完全に違う甘い香りになりましたね」

「使い方は無限大かもしれません。さて、そろそろいいかな。試食をお願いします」

久美は、受け取った糖質制限さくさくクッキーをじっと見つめる。色や見た目は慣れ親しんだドイツ菓子・スペクラティウスと瓜二つだ。スパイス感が似ているのにロシアとドイツの違いははっきりと出るだろうか。

もしこのクッキーがプリャーニキの味から遠く離れていたらどうしよう。そんな思いがチラリと湧いたが頭を振って追い払い、大きく口を開いて手のひら大のクッキーの半分ほども齧りとる。

「んー！　ドイツじゃなくて、しっかりプリャーニキ的なクッキーです！　さっくさくであっという間にとろけていっちゃう。スパイスの甘さがほろほろって溶けていく感じです」

「ココナッツフラワーはもともとさらさらして固まりづらい粉だから、逆に舌触りの良さが出るよね」

「重松さんも、さくさくほろりな食感に驚いてくれるかもしれません！」

「驚くだけ？」

真面目に尋ねる荘介に久美は力強く答えた。

「絶対に好きになってもらえます！」


昼過ぎ、お菓子の誘惑に打ち勝つために、昼食を食べ終えてすぐの奈津が店にやって来た。両手に大量のデパートの紙袋をぶら提げたまま、ショーケースにも焼き菓子の棚にも顔を向けないように虚空をにらんでいる。

「いらっしゃいませ」

きれいに重なった荘介と久美の声にも顔を動かさず、奈津は突っ立っている。

「こんにちは。クッキーできちょる？」

「はい、ご用意いたしております。よろしければこちらで試食なさいませんか？」

奈津は、イートーインスペースの椅子を引く久美にやっと目を向けた。

「商品だけじゃなくて試食もあるんね？」

「はい、ぜひ召し上がってください」

クッキーを食べた奈津の反応が見たくて、久美は熱心に椅子を勧めた。奈津は嬉しそうに席に着いて、窓の外だけを眺めてにこにこしている。

荘介が紅茶とクッキーをテーブルに運ぶ。

「まあ、かわいい。ヨーロッパ風の型抜きやね」

「はい。ドイツのスペクラティウスというお菓子の型を使っています」

「スペクラティウス！　あらま、この店にはそんなんもあるっちゃね。わあ、どうしよ、食べてみたい……、いやいや。だめだめ。糖質制限、糖質制限……」

奈津はぶつぶつ言いながら、糖質制限クッキーを手に取って端の方を嚙んだ。側にいる荘介にも聞こえるくらい、さくっという音が響く。

「これ！　これよ、私が食べたかったプリャーニキは！　理想の味しちょる。こんなに美味しいクッキーは初めてよ」

久美は奈津から見えないところでガッツポーズを決めた。荘介の笑顔もますます美しくきらめく。

「そう言っていただけて光栄です」

「私が食べたかったのはロシアのプリャーニキじゃなかったっち、わかってすっきりしたわ。ダイエットを中断せんで正解だった」

未練が断ちきれたようで、さっぱりした表情を見せる。

もしかして荘介は、奈津のこの表情のためにしっとり食感のプリャーニキを提供したのだろうか。自分の中に隠れている宝物の味を知ってもらうために。荘介が最初からさくさくクッキーを作っていたら、奈津は一生プリャーニキに憧れたままだっただろう。一度がっかりしたからこそ、自分が好きなものをしっかりと知ることになったのだ。

そんな風に思うと久美も納得できた。今の奈津は見ているこちらもすがすがしくなるほど晴れやかだ。

上機嫌でさくさくと試食用のクッキーをすべて食べきって立ち上がり、会計を済ませてドアに向かう途中で、奈津はうっかりと焼き菓子の棚に目を留めてしまった。奈津の口から悲痛な声が飛びだす。

「ああ、スペクラティウス！　あ、こっちはキプフェル！」

奈津は次々とドイツのクッキーの名前を上げていく。その知識はさすがクッキーマニアだと久美も唸るほどだ。

「このクッキーたちも糖質制限で作っちょくれ！　頼めるかね？」

荘介は笑顔を返す。

「もちろん、お客様のご注文どおりご用意いたします」

「それじゃあ、もう一つ注文をつけてもええかのお」

「はい、おうかがいします」

奈津は真剣な表情で荘介を見上げる。

「伝統的な定番の味で、でもさくさくなこの糖質制限クッキーみたいなお菓子にしちょくれ。わがまま言うてごめんな」

荘介は嬉しそうに笑う。

「新しいお菓子を作れることが僕はなによりも嬉しいんです。どんどんおっしゃってください」

「ほうか？　それはいいねえ、お願いするわ。糖質制限のショートブレッドとねえ、スノーボールとガレット・ブルトンヌと、中国やギリシャにも食べてみたいクッキーがあるし、そうだ、あれも頼んじょこう」

久美はポケットからメモ帳を取りだし、すごい勢いで繰りだされる奈津の注文を書き留めていく。そしてこのメモが新しいお菓子との出会いをもたらしてくれるチケットであることに気づいて、わくわくと胸躍らせた。

神様のお菓子は未来味

地域の神社で子どもたちによる奉納相撲が行われる今日、空は良く晴れていた。

早朝だというのに、晩夏の日差しはギラギラと肌につき刺さるようだ。これは相撲をとる子どもたちは大変だろうなと、荘介は日にあたりながらぼんやり考えていた。

「お待たせしました。納品終わりましたよ」

社務所から出てきた和菓子舗『長久堂《ちょうきゅうどう》』の主人、安達豊《あだちゆたか》は二本抱えているサイダーの細長い缶を一本、荘介に手渡した。

「氏子さんから差し入れいただいたよ。どうぞ」

「ありがとうございます」

受け取って、二人で境内の隅にあるベンチに腰かけて蓋を開ける。

しゅわしゅわと喉を滑り落ちていく炭酸がキリッと涼しくて、体の中から冷風が吹きだすような気持ち良さがある。

豊はサイダーを飲もうと背中を反らして、「いたた」と呻いた。

「大丈夫ですか？」

「ははは、もうね。この腰痛とも長い付き合いだから。荘介くんも気をつけてよ、菓子屋はどうしても立ち仕事だからねえ」

豊とは、荘介の祖父である『お気に召すまま』の先代からの付き合いだ。

祖父は作るものはドイツ菓子だけとこだわっていたけれど、食べる方はお菓子ならばなんでも貪欲に手を出す人物で、一番のお気に入り和菓子が『長久堂』の落雁だった。

幼い頃から祖父に手を引かれて買いに行った懐かしの味だ。荘介にとっても感慨深いものがある。

「それにしても、いつもいつも迷惑をかけてすまんね」

豊が腰をかばいながら、そっと頭を下げる。

「とんでもないです。僕は昼間大抵フラフラしていますから、配達のお手伝いならいつでもうかがいますよ」

申し訳なさそうにしていた豊だが、荘介の言葉に笑顔を浮かべた。

「そんなことを言っていて店の女の子、久美さんですか。彼女に叱られやせんかね」

「大丈夫です。いつでも叱られていますから」

二人で笑いあってサイダーを飲み干した。

『長久堂』は店主の安達豊と、その妻、啓子《けいこ》の二人で営んでいる和菓子の老舗だ。

代々、地域の神社のお下がりとして参拝者に渡される御供《ごくう》のお菓子を作っている。紅白の長方形の落雁で、手のひらにのるほどのかわいらしいサイズだ。これが一箱だけなら軽いのだが、お祭りのときに大量に運ぶとなると驚くほど重量も増え、幅も取る。まだ六十代になったばかりだがひどい腰痛持ちの豊と小柄な啓子には大仕事なのだった。

荘介が豊の配達を手伝うようになったのは偶然からだった。いつもどおり放浪していて『長久堂』の前にさしかかり、救急車に乗せられる直前の豊を見つけたのだ。

「荘介くん、お願いだ。御供の配達を代わりに……」

その言葉を残して、豊を乗せた救急車は去っていった。一人で配達する覚悟を決めていた啓子は悲壮な顔をしていたが、荘介が配達を請け負うと、安心して救急車のあとを追い病院に向かったのだった。豊は骨や筋には問題ない腰痛症だったのだが、それ以来クセになってしまって、そうっとそうっと生活しているということだ。

『長久堂』には跡取りはいない。息子が一人いるのだが、彼は店を継がなかった。

昔のことだが『長久堂』に行くといつも祖父と豊は長話をしていたので、荘介はその間、豊の息子の賢一《けんいち》に遊んでもらうことが多かった。荘介よりも六歳上の賢一は、店の手伝いをよくする働き者でいつも店先にいた。

中学生の頃には豊について修業も始めていたそうで、試作品のお菓子をもらったこともあった。子どもの手で作ったとは思えない繊細さに、荘介は感動した覚えがある。

「荘介くんは大人になったらなにになるの？」

賢一に聞かれ、小学生だった荘介は迷わず「お菓子屋さん」と答えた。その頃、高校受験を控えていた賢一は、「そうか。そうなるといいね」と複雑な表情をしていた。

それから賢一が高校に進学し、会うことはほとんどなくなった。今は関西でお菓子とは関係ない仕事をしているのだと聞いている。


「お帰りなさい、荘介さん」

カランカランとドアベルを鳴らして店に入ると、久美が優しい笑顔を向けた。

「どうしたんですか、久美さん。いいことでもありましたか」

「いえ、とくにはないですけど。なんでですか？」

「いつも僕が帰るとがーっと怒るのに、今日はご機嫌が良さそうなので」

久美が不思議そうに首をかしげる。

「サボっていたならともかく、働いて帰ってきた人を怒ったりしませんよ」

荘介も不思議そうに首をかしげた。

『長久堂』さんのお手伝いに行くって言いましたっけ？」

「いいえ。でも荘介さん、サボりじゃないときは必ず、『行ってきます』ってちゃんと言いますもん」

「……いつだってちゃんと言っていますよ」

「そうですか。きっととっても小声で、私には聞こえていないんでしょうね」

ほがらかな久美に対して後ろめたいものを感じ、荘介はもらってきたおすそ分けをショーケース越しにそっと差しだした。

「お土産です」

「やった！　美味しいですよね、この落雁」

箱にかかっている紙の『御供』の文字を見て、久美が喜ぶ。

さっそく紙をはいで箱を開ける。おめでたい紅白の、といっても紅はあわい桃色で白は優しいクリーム色をしている落雁が現れた。表面には神社の家紋にあたる神紋が入っている。久美は紅の方を一口に頬張ってうっとりと目を閉じる。

「とろける〜」

しばらく目をつぶったままじっと佇んでいると、荘介が久美の頬を突っついた。ぱちりと目を開ける。

「なんですか？」

「久美さんは本当に美味しそうに食べるよね」

「美味しいですもん。落雁なのにするっと溶けて、でもしゃりしゃりした舌触りもあって、口の中が甘くって幸せになります」

荘介はにっこり笑ってみせる。

「僕は久美さんが美味しそうに食べているのを見ると、幸せになりますよ」

久美は「うっ」と呻いた。何度言われても荘介のストレートな愛情表現になんと言葉を返せばいいのか毎度悩む。とりあえず無言で白い方の落雁を荘介の口に突っ込んで黙らせた。

「うん。安定の美味しさですね」

空箱を始末しようとして、久美はふと手を止めた。

「お供えって書いてあるのに、神様にお供えせずに人間が食べてもいいものなんでしょうか。罰があたりませんか？」

「神道では神様に献上した食事を下げて、人がともにいただく神人共食《しんじんきょうしょく》という習慣があるんです。神様からお下がりの食べものやお酒をいただくのが、お祭りの一部でもある。祭礼のあとにみんなで同じものを食べる直会《なおらい》というのも、その形態の一つだよね。

神社で神主さんに祝詞《のりと》を奏上してもらったときにもらえるお菓子も同じだよ」

「じゃあ御供でも御神饌《ごしんせん》でも、なにか他の言葉が書いてあっても気にすることはないんですね」

「ドクロマークがついていたら食べないでください」

「神社でそんなものはくださらないと思いますけど」

「人生なにが起こるかわかりませんから」

そう言った荘介の冗談はなかなか世の中の真理をついていたものか、翌週に突然、荘介は出稼ぎに行くことになった。


豊がまた腰痛で倒れたのだった。店は休業にしているのだが、神社の例祭に届けるための落雁だけは作らなければならない。しかし豊は立つことはおろか、座っていることさえできないほどの容態で、荘介にＳＯＳが届いたのだ。

長久堂にやって来た荘介は、店名が書かれたガラス戸越しに店内を覗いた。土間の真ん中に設えられた台の上には、いつもと変わらず飴菓子や懐中もなかなど日持ちするお菓子がたくさん並んでいる。

だが、店の奥のガラス張りの陳列棚に生菓子などの商品はもちろん一つもなかった。

荘介が木製の引き戸を開けるがらがらという音に気づいた啓子が、住居になっている二階から駆け下りてきた。

「本当にすみません」

啓子に頭を下げられ、荘介は笑顔で軽く手を振ってみせる。

「とんでもないです。『長久堂』さんのお菓子作りを修業させてもらえるなんて、こんな機会は望んでも得られない貴重な体験ですから」

「いくらよく知っているからって、あんまり荘介さんに甘えすぎちゃいけないとは言ったんやけど……」

ひたすら申し訳ないと頭を下げ続ける啓子の肩に、荘介はそっと手を置く。

「祖父の代から良くしていただいたご恩返しです。気になさらないでください。それに僕はいろいろなお菓子を作れるのがなにより最高に好きなんです」

啓子はそっと頷いて、荘介のためにぴかぴかに掃除した厨房に案内してくれた。

コンクリート張りの床は水洗いされ、磨かれて清潔だ。ステンレス製の調理台の天板には分厚い木の板が張ってあり、毎日使い続けられる上面が深い色に変わっていて年数を感じさせる。主のいない今、その上にはなにも置かれていなくて寂しげだった。

大きなガス釜にかけられた銅鍋も、壁際の木製の棚に積み重ねられた正方形の大きな蒸籠《せいろ》もひんやりしている。だが丁寧に埃が払われて、数日間使われていなかったように は感じられない。

普段、厨房仕事は手伝うことがないという啓子にとって、道具の手入れなどは壊したらどうしようと恐々と行う大仕事だっただろう。その気疲れもあるだろう啓子には二階で休んでいてもらい、荘介は御供用の落雁作りを始めようとした。

「ただいまー」

店の表の方から男性の声がした。啓子が慌てて表に向かう。

「賢一！　あんた、どげんしたと？」

「どげんて、遅すぎる夏休みだけど。連絡しただろう」

厨房から表の店舗を覗いてみると、久しぶりに見る賢一がいた。学生の頃とイメージが変わらず、優しげで親切そうなまま大人の男性になっていた。

賢一が顔を上げて荘介を見つけた。荘介が笑顔で頭を下げたが、怪訝な表情で瞬きを繰り返している。

「ほら、『お気に召すまま』の荘介さんたい」

啓子に言われて賢一は「ああ！」と大声をあげた。

「荘介くん、ずいぶん大きくなったなあ。ずいぶんというか……っ　あー、かなり身長追い抜かれてるわ。それになんだよ、そのハンサムっぷりは。反則だろ」

どんなルールに反則したのかはわからぬまま、荘介は笑顔で賢一の側に寄っていく。

「お久しぶりです、賢一さん。良かった、帰ってきてくれて」

「え、なにが？」

賢一は商品が並んでいない陳列棚に気づき、荘介が出てきた厨房の方に首を伸ばす。

「父さんは？」

「それが、あんた。また腰痛で入院したとよ」

「えー、なんだよ、聞いてないんだけど」

「だって父さんが知らせるなって。賢一の仕事の邪魔になるけんって」

「そんなこと気にしないで連絡くらい……」

「連絡したら、あんた仕事を休んで帰ってきたとね？」

「それは……、だって今日帰ってきたし」

「たまたま休みが合っただけでしょうが。いつもどおりに仕事だったら、帰ってこんで良かって父さんは思っとる。だいたいそんなに心配がいる状態じゃないけん。だから、あんたも安心してなさい」

荘介は申し訳なさそうに親子の会話に割りこんだ。

「お帰り早々ですみませんが、よろしければ賢一さんには今すぐに厨房に立ってほしいのですが」

賢一は、はっと荘介に視線を戻す。

「そうだよ、なんで荘介くんはうちの厨房にいたの？　まさかお菓子作ってるの？」

「豊さんから御供の製作を頼まれたのですが、僕ではいささか自信がなくて」

荘介の言葉を聞いて、賢一は軽いため息をついた。

「自信なんて俺の方がないよ。お菓子から離れて何年経ってることか。それに聞いてるよ。荘介くんは、注文さえ受けたらどんなお菓子でも作れるそうじゃないか」

啓子が賢一の腕をそっと叩く。

「そうやけど賢一、あんたがいるのに荘介くんにお菓子作りを任せるって、それはいけんやろ。あんたが作りなさい」

「だけど、俺……」

「よろしければお手伝いしますよ」

荘介の鉄壁のように動かない真面目な顔で見下ろされて、しばらく黙って考えていた賢一はきりっと顔を上げた。

「よろしくお願いします」

「こちらこそ『長久堂』の味を勉強させていただきます」

打って変わってにこやかに楽しげに、賢一の背中を押して荘介は厨房に向かった。

「あー、本当に覚えてるかな。落雁って材料はなんだっけ」

なんだっけなどと言いながら賢一はてきぱきと手を動かす。賢一が修業していた頃と厨房内は変わっていないようで、材料の置き場所も道具の在り処も迷うことなく探りあてていく。

「春雪粉だろ、キビ砂糖と白糖。あ、御神水は」

「神社からいただいてきています」

御供の落雁に使う水を『長久堂』では昔から神社の湧き水としていることや、落雁の抜型に神紋が彫り込んであることにも、長らく御用受けしてきた歴史の重みがある。

賢一はその重みを手で感じているかのように、神社から運ばれた湧き水と、代々使い続ける抜型をそっと調理台に置いて、はあっと大きな息をはき胸をぐんと反らす。

「じゃあ、やってみるか」

しっかりとした瞳で呟くと、賢一は落雁作りを始めた。

キビ砂糖と白糖を合わせて篩《ふるい》にかける。目が粗いものから徐々に細かいものへと変え、数度行う。合わせた砂糖は褐色を含んだ薄黄色のさらさらな粉になる。

同様に落雁粉ともいわれる米粉である春雪粉もふるって、その微粒粉を使う。

御神水に白糖を混ぜてほんの少量の混合水を作る。

砂糖のボウルに混合水を数滴入れ、砂糖が固まらないうちに素早くかき混ぜる。

賢一はしっとりとした感触になった砂糖を見つめて、手を止めた。

「荘介くん、俺はこの水具合を自分で決めたことがないんだ。荘介くんは父からなにか聞いてないかな」

「とくになにも。言われたのは、作ってくれという一言だけです」

荘介の言葉を賢一は俯いて聞いた。

「やっぱなあ。父は荘介くんのことを天才だって褒めてたから、全部任せるつもりだったんだよ。俺なんかじゃ同じ味にはできないよ」

そう言いながらも賢一は、湿らせた砂糖をきゅっと握って硬さを確かめている。

「うーん、いいような、そうでもないような。どう思う、荘介くん」

「賢一さんがいいと思う状態でいいと思います」

「いいと思うをいいと思う。ややこしい表現だね、的確だけど」

ぶつぶつ呟き、砂糖をきゅっきゅっと何度か握ってみて混合水をもう一滴加えた。

湿度を決めた砂糖に春雪粉を混ぜていく。これも固まらないように手早く行う。

数度に分けて春雪粉を入れて、もう一度硬さを確かめる。

「うーん、うーん、うーん」

何度も呟きながら、それでも賢一はてきぱきと手を動かしていく。荘介はなにも言わずに賢一の働きっぷりを眺める。

砂糖と春雪粉を合わせて裏ごしする。

木型を上下二段に分ける。

上段の木型はすとんと真っ直ぐに落ちる穴。下段はくぼみの底に神紋が彫り込まれている。上下二段合わせると通常の落雁の厚みになる。

下段の型に三つ掘られた長方形のくぼみに、打ち粉をはたいておく。

裏ごしした粉を下段のくぼみの底に詰める。

隙間がないように、しかし硬くなりすぎないように力加減に注意して指で押さえる。

金属製のへらでくぼみ以外についた余分な粉を落としていく。

上段の木型をかぶせて、また裏ごしした粉を詰める。

へらで再び余分な粉を落とし、上段の木型は取ってしまう。

下段の木型から飛びだした部分を壊さないように上下を返し、台に打ちつけて中身を落とす。

そのまま動かさないようにして乾かせば、落雁は完成する。

「ふぃー」

賢一は第一弾の落雁を打ち終えて、奇妙に甲高いため息をついた。

「緊張した。めっちゃくちゃ緊張した。なあ、荘介くん。これどう思う」

「きれいだと思います」

「だよね、大丈夫だよね。じゃあ、試食してみてから続けようかな」

ぶつぶつ「あー」だの「うー」だの、「いや、でもなあ」などと言いながら、時折、荘介に話しかけたりもする。そうして試行錯誤を繰り返しながら、賢一の落雁作りは進んでいった。


「よっしゃあ。これで必要な数は揃ったんじゃないかな」

「はい、注文数と予備分、すべて完了です」

賢一が荘介を見上げて「ははっ」と笑う。

「結局、最後まで手伝ってくれなかったなあ、荘介くんは」

「これからお手伝いしますよ。かたづけと梱包と配達」

「そう、ありがとう。うん、あー、でも本当についていてくれて助かったわ。ありがとうね」

「いえ、僕はなにもしていませんし」

澄ました顔でしゃっきり立っている荘介を、賢一はまた「ははっ」と言って笑う。

「小憎たらしく育っちゃったなあ。あ、ていうか菓子店員としては荘介くんの方がずっと先輩なんだから、俺が態度大きいとこっちの方が小憎たらしいよね」

「そうかもしれませんね」

あくまで澄ましきった荘介を、賢一は楽しそうにどついた。


荘介は言葉どおり、一日置いて乾燥させた落雁の梱包も手伝い、祭りの日の早朝の配達にも付き合った。

神社には朝から何人もの氏子たちが集まって祭りの準備をしていた。参拝者用の待合所としてテントを立てたり椅子を設置したりしている横を抜け、社務所に向かう。

お守りなどが置いてある窓口から声をかけると、いつも顔を合わせる巫女姿の宮司の娘が商品の受け取りに出てきた。

「安達さんはどうかされたんですか？」

挨拶が終わると商品の受け取りもそこそこに、巫女が心配そうに尋ねた。

「父は腰痛で休ませてもらってます」

巫女は目を丸くして賢一を見つめる。

「え、安達さんの息子さんですか？」

「はい。いつも父がお世話になっておりま……」

「えー！　本当に？　賢一お兄ちゃん？」

賢一の言葉を堰き止めて巫女が叫んだ。

「はあ、そうですが」

いぶかしげな賢一に荘介が「宮司さんの娘さんですよ」と耳打ちすると、賢一の口が、顎がはずれたかと思うほど大きく開いた。

「みずほちゃん？　うわ、きれいになっちゃって」

「うん、それよく言われる。それより、賢一お兄ちゃんは『長久堂』を継いだんだね！良かったあ。みんなやっぱり『長久堂』さんが好きだから」

「いや、俺は……」

みずほの声を聞きつけて、社務所の奥から台所仕事をしていたらしい割烹着姿の女性たちが顔を出す。直会の準備の途中のようで、幾人もぞろぞろと集まってきた。

「まあ、安達さんところの賢一くん？　立派になって」

「そうかね。賢ちゃん、店を継ぐために帰ってきてくれたんね。『長久堂』さんも安泰やねえ」

「えっと、あー……」

賢一がなにか言おうとしても氏子たちや神職の家族らしい人たちが次々に口を開き、結局、賢一は『長久堂』の跡継ぎとして認知されてしまった。


「いやー……、まいったなあ」

缶入りのサイダーをもらい、ベンチに座って飲みながら賢一は頭をかいた。

「すっかり勘違いされちゃった」

「賢一さんは『長久堂』を継ぐつもりはないんですか？」

はあっと重いため息をついて、賢一は地面を見つめる。

「いや、だって暮らしていけないからね。うちみたいに古い和菓子屋じゃ、なかなかお客さんは来てくれないし」

「そういう理由だったんですか？　僕は、賢一さんは和菓子作りより好きなことが見つかったから家を出たのかと思っていたのですが」

賢一がちらりと見やると、荘介はやはり澄まし顔で涼しげにサイダーを飲んでいた。

「もちろん、それはあるよ。今ね、デザインの仕事してるんだ。フリーでやってるし、関西じゃないと仕事がないってわけじゃないけどさ。福岡を出たのは、ここにいると店のことが気になって気持ちが半々になっちゃいそうだったからなんだよね」

ベンチの背もたれに体をあずけて賢一は、「あー」と呟く。

「やっぱり好きなんだよなあ、和菓子。デザインに興味持ったのも和菓子の姿からだし、作るのももちろん好きなんだ。今日も楽しかったし……」

黙って聞いている荘介の肩を、賢一がとんとんと叩く。

「あのさ、荘介くん。『長久堂』を継がない？」

「継ぎません」

間髪を容れずに答えた荘介を恨めしげに見て、賢一は諦め顔で空を仰ぐ。

「ですよね。ちっこい頃から『お気に召すまま』一本の子だったからね。はい、わかってました。でもさ」

もう一度、肩をとんとんと叩く。

「じゃあ、御供だけでも継がない？」

「継ぎません」

「えー、どうして。絶対に必要なものじゃないの。これは継いでもいいでしょ。『お気に召すまま』で作ってもいいんだし」

「もし神社の御供を当店でうけたまわるなら、シュトーレンを提供します。当店の伝統のお菓子なので」

「伝統かあ」

賢一はしばらく空を見上げていた。太陽がじりじりと額を焦がそうとするかのように照りつける。

「荘介くんの店はさ、おじいさんのあとがすぐ荘介くんなんだよね。お父さんはなんで継がなかったの？」

「父は子どもの頃から警察官になりたかったそうで、その夢を全うしています。祖父からはやはり、店を継いでほしいと言われたこともあるそうですが」

「はー、そうなんだ。お父さんは最初から『夢はお菓子屋さん』って人じゃなかったのか。それなら、ねえ……」

ねえ、と言ってみても荘介は返事をしない。賢一はもやもやとしてきた気分を持てあましたように、もう一度小声で「ねえ」と言った。

「賢一さんは子どもの頃の夢はなんだったんですか？」

「…………。『長久堂』を継ぐことだよ」

『長久堂』の伝統は、賢一の肩にずっしりとかかっている。父が不調で思うとおりに動けなくなっている今日、店をたたむかどうするか。その判断は賢一の胸一つなのだ。

「賢一さんの夢が変わったことはしかたありませんが、この神社にお菓子を奉納できる店がなくなってしまうのは大問題ですね」

「荘介くんが継いで……」

「シュトーレンで良ければ」

「いや、良くないだろ」

長年続いた店の暖簾、神社に参拝する人たちに届け続けたお菓子に刻まれている思い出。それを生かすか、消してしまうか。賢一にはどう考えればいいものか判断がつかない問題だった。

「賢一お兄ちゃん」

みずほが辺りをきょろきょろ見回しながら、小走りに近づいてきた。賢一が体を引き気味に聞く。

「どうしたの」

「絶対、絶対、絶対に秘密だからね！」

「なにがさ」

「今ね、予備にもらった御供のお菓子、つまみ食いしちゃったの」

「え、それは神職がしてもいいこと？」

「だめに決まってるじゃない、見つかったら叱られるだけじゃすまないって。だから絶対秘密にしてよ。でね」

みずほは深刻そうに打ち明けた。

「ものすごく美味しかった。私、おじさんが作ったのより、賢一お兄ちゃんが作ったお菓子の方が好き」

それだけ言うと、「つまみ食いしたこと秘密だからね」と念を押して社務所に帰っていった。賢一はその後ろ姿をいつまでも茫然と見つめていた。

顎から首筋にぽたりと汗が落ちて、賢一は我に返った。

「……暑いね」

「そうですね」

横を向いてみると、荘介はコックコートの袖をめくっただけで涼しげにしている。

「荘介くんは真夏の厨房でも汗一つかかないんじゃない？」

「そんなことありません。汗だくですよ」

賢一はまとまらない考えをすべて押しつけてしまおうとするかのように、荘介の肩をどんとどついた。


賢一が関西に帰った二日後、豊は退院してきた。

「いやもう、本当に荘介くんには頭が上がらないよ」

そう言った豊は、本当に頭を下げっぱなしだ。応接セットのぴかぴかのテーブルに豊の広い額がきれいに映っている。『長久堂』にアルバイト代をもらいに来たはずの荘介は、受け取った封筒をそのまま豊の方に押し戻した。

「今回の御供は賢一さんが作ったものです。僕はなにもしていませんので、これはお返しします」

豊は、ぱっと顔を上げてまじまじと荘介を見つめた。

「賢一が？　や、しかし、あいつはなにも言ってなかったが」

ぱっと顔を横に向けて隣にいる啓子を見る。

「お前もなにも言ってなかったが？」

「だって賢一が言うなって言うから」

「いやそこは、ちゃーっと言わんと。なんで隠したとね」

啓子は俯き、立ち上がると部屋を出ていった。豊は荘介に視線を移したが、荘介は知らんぷりで出されたお茶をすすった。

すぐに戻ってきた啓子は、神社に納めた御供の予備を持ってきていた。そっと手渡された箱を豊はそーっと開いた。

並んでいる紅白の落雁は、豊が作ったものと比べても遜色ない美しい出来だ。

「これを賢一が？　本当に？」

啓子が黙って頷く。豊はおそるおそる落雁を取り、口に入れた。

「…………」

満足いく味だったらしい。黙ってそっと箱の蓋を閉め、荘介に渡すはずだったバイト代の袋をそっと回収した。

「この味を一度でも食べることができて良かった、踏ん切りがついたよ。荘介くん、決めたよ。『長久堂』は閉めることにするよ」

「経営不振だからですか？」

「それは賢一が言ったのかな」

「はい。そのせいで跡を継ぐかどうか悩んだということも」

豊と啓子は揃ってため息をついた。

「口が軽いやつだ」

「しかたないわ、あんたの息子やけん」

「だな」

二人は黙り込み、荘介はお茶をすする。

「暖簾も最近は煮だした煮干しみたいな色になってきたしなあ」

「煮干しは煮だしても色は変わらんわよ」

「そうだっけ？」

「もう、あんたはお菓子作り以外のことはてんでだめなんやもん」

「そうだよなあ。店を閉めて、俺になにかできる仕事なんかあるかなあ」

「小豆相場とか」

「無茶言うな。小豆は炊くもの、俺に先物取引なんかできるもんかい。そもそも元手なんかないやろうもん」

「冗談よ」

豊と啓子はまたため息をついた。荘介は茶碗を茶托に戻して口を開いた。

「可能性の話ですが、お店の立て直し方法があるかもしれません」

豊と啓子が揃って顔を上げた。

「なに、どんな方法？」

「お店の営業日を減らすんです」

豊はぱちぱちと瞬きをした。荘介はかまわずに続ける。

「毎日お店を開けていると、水道光熱費、売れ残り、もろもろの経費がかかってきます。そこを削っていくんです」

「だけどそんなことをしたら、お客さんが来てくれなくなるんじゃ……」

「毎日買いにくる常連さんは、どなたですか？」

啓子が困った顔で答える。

「さすがに、そう毎日来るお客さんはいないけど」

「本当に『長久堂』さんのお菓子を買いたい方は、店の営業日に合わせて来店されます。今だってお店の定休日はありますが、それでお客様から不便だと言われたことはないのではありませんか？」

「そりゃそうだ」

豊は納得したようだが、啓子は困った表情のままだ。

「でもそれは週に一回だけだからでしょ。週に二日も休んだら……」

「週に三日にしましょう」

「え！　三日も定休日にするの？」

「いえ、営業日を週三日だけにするんです。完全に閉めれば売り上げはゼロ。ですが週に三日開ければ売り上げは必ずあります。残りの四日、いえ、休みを入れることを考えたら三日ですが、そこで別の仕事を探されたらいいのではないでしょうか」

豊がぽんと手を叩いた。

「あ、そうだ。店を閉めるって話をしてたんやった。営業日を減らすったって閉めるよりはずっとましか」

「でもそれじゃ、他の仕事なんて探せないっちゃない？」

「店で少しでも稼げるならアルバイトでいいだろ。たぶん、いや、おそらく、うん。あ、そうだ！　困ったら賢一に仕送りしてもらおう」

啓子は黙ってすっと立ち上がると、部屋を出ていった。

「え！　啓子？」

豊は啓子がなぜまた無言になったのかと、おろおろと荘介を見上げる。荘介は黙ってお茶をすする。啓子はしばらく戻ってこなかった。

「荘介くん。俺はなにかまずいことを言ったかな」

「さあ、僕にはわかりませんでしたが」

豊が荘介の顔と啓子が出ていったドアを見比べていると、啓子が静かに俯きがちに戻ってきた。

「啓子、すまん、俺が言いすぎた」

「なにを？」

啓子はわけがわからないという顔をしたが深く問い詰めることはせず、大切に両手で包み込むように握っていた通帳をそっと豊に差しだした。

「なに、これ」

「賢一からの仕送り。全額貯金しとる」

「なに、それ！　初耳やけど！」

「初めて言ったけん」

豊は慌てて通帳を開く。目を見開いて固まってしまってから、そっと指さしながら数字の桁を数えていく。

「いち、じゅう、ひゃく、せん、まん、じゅうまん、ひゃくま……、せ……。なに、これ！」

荘介は間違っても通帳を覗いてしまわないようにと、ほぼ空になっている茶碗に視線を落としながら言う。

「賢一さんは仕送りを増やそうかなっておっしゃってましたよ」

「なに、それ……」

豊はがっくりと肩を落とした。

「なんて頼りになる息子なんだよ」

啓子が豊の肩を撫でる。

「お店、営業日減らしてみる？」

豊が弱々しく頷く。

「そうしようか」

荘介はお茶を飲み干すと、『長久堂』をあとにした。


「お帰りなさい、荘介さん」

カランカランとドアベルを鳴らして店に入ると、久美が上機嫌で荘介を出迎えた。

「久美さん、申し訳ない話があります」

「はあ。なんでしょう」

「収入が減りました」

「はあ。そうですか」

「怒らないんですか？」

「私のお給料が減らないなら怒りません」

荘介は大きなため息をついた。

「シビアですね」

「ていうか経理担当は私です。お店の経営状態は把握してますから。ちょっとぐらいの損失は大丈夫なんです。それにどうせ、『長久堂』さんのアルバイト代をもらってこなかったっていう話でしょう」

荘介がちらりと久美を見ると、なにごともなかったというような表情で焼き菓子をかごに詰めてリボンをかけている。荘介はポケットから御供の箱を取りだして久美に差しだした。

「あ、息子さんが作った落雁ですか？」

「そうです。どうぞ」

嬉々として箱を開けた久美は、「おー」と感嘆の声をあげた。

「すごい、さすが中学生の頃から修業したという成果が見えます。いつもの落雁と変わりないです」

いそいそと紅の落雁を取り上げて口に入れる。

「う」

久美は小さく呻いて動きを止めた。口の中の落雁の行き場を探しているかのように、目をきょろきょろと動かしている。

「どうしました？」

救いを求めるような瞳で荘介を見上げたが、荘介は平然とした表情で静かに佇んでいるだけだ。久美は思い切って落雁を飲み込んだ。落雁は存在感が大きなままで喉にひっかかるようにしながら、なんとか下へ下へと下りていく。

「いつもの落雁と比べ物にならないくらいざらざらしてます。口の中でまったく溶けてくれません。本当にこれを御供にして良かったんですか？」

「大丈夫ですよ。神社に参拝される皆さんが食べたいのは『長久堂』のお菓子です」

「でも、今までの味と全然違いますよ。これじゃ毎回期待していた人はがっかりするんじゃないですか」

荘介は優しく微笑む。

「今の味を作っている豊さんだって最初から完璧な落雁を作れたわけじゃありません。代替わりしたときには味がかなり変わったと祖父も言っていました。それでも作り続けているうちにいつのまにか『長久堂』の味になっていく。伝統とはそうしたものなのかもしれませんよ」

　久美は二人分のお茶を淹れて、一杯を荘介に差しだした。喉にへばりついていた落雁をお茶で洗い流して小さく咳をする。

「だけどこれは……ちょっと……」

　荘介はポケットからもう一箱の御供を取りだした。

「どうぞ」

　久美は眉根を寄せて荘介をにらみ上げる。荘介は嬉しそうに笑っている。

　箱を開けると再び紅白の落雁。神社の神紋が入った美しい双子のお菓子だ。紅の方を手に取って鼻に近づけて匂いを嗅ぐ。異常はない。口に入れると少しざらりとした感触は残るが、噛みごたえがあるとも言え、悪くない。概ね溶けて喉を流れ下りていく。

「はい。美味しいです。先ほどのものが嘘のように」

　荘介はにこりと笑う。

「これが賢一さんが納品した『長久堂』のお菓子ですよ」

「さっき私が食べたのは？」

「試作品一号と言いましょうか。作りはじめた初期の作品ですね」

「人の成長をまざまざと見てしまいました」

久美は、「これはちょっと」と評した先に食べた方の箱から残りの白い落雁を取りだして荘介に差しだしたが、荘介はすすすすっと後ろに下がり、にこにこと久美を見つめる。しかたなくお茶につけてふやかしてみると、ざらざらした落雁も少しなめらかになった。あとからもらった落雁も食べ終えて、久美はほっと息をついた。

「本当に久美さんは食べ物を大切にしてくれて嬉しいですよ」

「喜んでいただけて良かったです」

久美は思いっきり唇を尖らせてみせた。荘介は笑って、ポケットからもう一箱御供を取りだす。

「それは？」

「僕の試作品です」

「頂戴いたします」

両手をつきだした久美に箱を渡してやると、さも嬉しそうに箱を開いた。やはり紅の方からつまみだして口に入れる。

「んー。んー。んー」

「どうしました？」

久美は頰を覆ってうっとりと目を閉じる。

「すぐにとろけるのに、舌の上にいつまでもうっすらした甘さとふんわりした桃色の気配が残っていますす。桃色は色だけで香りはついていないのに不思議です。朝日が差してきた部屋の中みたいに幸せです」

べた褒めして、しかしすぐに久美は真顔に戻った。

「でもこれは『長久堂』さんの味じゃありません。もし荘介さんが御供を納めることになっていたとして、そのときはこの味を届けたんですか？」

「いいえ、ちゃんと豊さんが作っている味にするつもりでした。ですが、豊さんから神社への奉納菓子店の担当を継がないかとお話をいただいていたものですから、試作してみたんですよ」

「『長久堂』のご主人は、賢一さんが作ってくれることは諦めていたんですね」

「そうみたいです」

久美はお茶の底に沈んだ、賢一が作った落雁のかけらを見つめて考える。

「もし今後、荘介さんが神社のお菓子を受け持って新しい味にしたら、氏子さんたちは喜んでくれるでしょうか」

「どうだろう。懐かしい『長久堂』の味を思って悲しむ人もいるかもしれないね」

「荘介さんの新しい味が好きという人がいて、でも『長久堂』さんの味に戻してくれという人もいたら、荘介さんはどうするんですか」

「じつは神社の方には作り手が変わるかもしれないことは伝えていたんだ。今までの味に固執しないで、その人の味でいいという話は済んでいました」

荘介の言葉に納得はしたが、久美が聞きたかったこととは少し違う。久美は無言で荘介の言葉の先を待った。

「僕はどんなお菓子も作りたい。伝統の味をもとに新しい味を作ることもやってみたいことの一つなんだ。伝統も新しさもいいところどりしたお菓子だってね」

店の方針として、ふんふんと興味深く久美は聞く。

「そして新しい伝統が生まれてくるんですね」

「でもやっぱり大好きな祖父の味は守りながらやっていくつもりだけど」

久美はふと思いついた質問をしてみた。

「荘介さんはおじいさんの味を最初から作れたんですか？」

「どう思いますか」

間髪を容れずに答えが返る。

「作れていてもいなくても、荘介さんの味が私にとっての『万国菓子舗　お気に召すまま』のすべてです」

荘介は怖いほど真剣な顔をして、大股で久美に近づく。

「ど、どうしたんですか？」

久美の両手を取ってしっかりと握りしめた荘介は、そっと呟いた。

「どうして久美さんはこんなにかわいいんだろう」

「う」

思わぬ返答に怯んだ久美はおろおろと周囲を見渡したが、荘介の褒め言葉から逃れるために役立つものは見つからなかった。

＊＊＊

豊から電話がかかってきたのは、それから一か月後だった。そろそろ秋季大祭の頃なので神社への納品手伝いの依頼かと思っていたが、開口一番飛びだしてきたのは明るい報告だった。

「売り上げが伸びたんだよ！」

「そうですか、良かったですね」

「なんでだろうかね？　営業日は減らしたし、お客さんも新規の人はそうそういないんだけどね」

「いつでも開いていると思うと、欲しいお菓子があってもまた次でいいやと思いますが、営業日が限定されたら今欲しくなる。そういうことかもしれませんね」

「荘介くんはそんな知識をどこで仕入れたんかね。マーケティングの勉強でもしとるんかね」

「いえ、以前やってみた実体験です」

「そんなことをしとったんか。知らんかった。でも『お気に召すまま』を週六営業に戻したのはなんで」

「お菓子を作らない日に、なにもすることがなかったものですから」

「さすが荘介くんだ。うちの息子もそれくらい熱中してくれたらいいんだけどなあ」

荘介の口元に微笑が浮かぶ。

「賢一さん、帰ってこられたんですか」

「ああ、それでさ、もうカンカンになって怒ったよ」

はははと豊は心から嬉しそうに笑った。

賢一がとりあえずの小さな荷物を抱えて『長久堂』に帰ったのは火曜日。たまたまその日は新しく決めた定休日だった。ぴたりと閉じた店のガラス扉に「定休日　火・木・土・日」と書いてあるのを見て、賢一は急いで鍵を開け二階に駆け上がった。

「おお？　どうしたんだお前、急に帰ってきて」

居間でのんびりとテレビを見ている両親を見て、とりあえずほっとする。

「父さん、また腰痛が酷くなったの？」

「いや、元気やけど」

「じゃあなんで定休日増やしたの」

「営業方針の変更やけど。休みの日にアルバイトしようと思ってな」

「アルバイトって……。なにもせずにまったりしてるように見えるけど」

豊は胸を張って賢一を手招く。賢一が座ると、豊は正座して膝を詰めた。

「じつはな、売り上げが伸びたんだよ」

「なんで？　営業日減ってるのに」

「知らん。わからん。荘介くんに聞いてみよう」

「荘介くんの提案なのか？」

「そうそう」

賢一は深い深いため息をついて、がっくりと肩を落とす。

「あいつは策士かなにかかよ。なんだよ、もう。俺、荘介くんにのせられて関西の仕事全部断ってきたのに必要なかったじゃないか」

「なんだ、賢一。店を継ぎたくなったのか？」

「継ぎたくなったっていうか、継がなきゃならんじゃないか。御供のことだってあるんだし」

「御供だったら、店を閉めたときには荘介くんに任せることになっとったけど」

賢一が勢い良く顔を上げる。

「はあ!?　なんなそれは。荘介くんは御供は継がないって言っとったばい！　だけん俺は全部うっちゃって帰って……」

「かつがれたんだな」

「荘介くんは企み伯爵かなんかかい！　俺の仕事ば、どうしてくれっとよ！」

啓子は博多弁丸だしに戻った賢一に、お茶を差しだす。

「まあ、とりあえず荷物を下ろして。そうだ、あんたは店を継いで、店の休みの日に今までの仕事をしたらいいよ。好きなんやろ、デザインの仕事」

「そうだけど。そしたら父さんはどうすると」

「悠々自適たい。遊んで暮らす」

怪訝な表情で賢一が尋ねる。

「そんな金どこにあるとや」

「お前が稼いでくれるやろ？」

賢一は苦い表情で俯く。

「今回、御供を作ってよくわかったっちゃけど、俺はまだ修業が必要やし……」

「もう全部教えたけん、お前は一人でやれる」

「けど、俺の作ったお菓子じゃ、店の伝統の味には程遠かろうもん」

「誰でも最初はそんなもんたい。何年も作り続けるうちに店の味に近づいていくんだから心配するな。その味を目指して作り続けることこそ、うちの店の伝統やけんな。じゃあ、明日から頼むわ」

すっかり引退気分の父の姿を泣きそうな顔で見て、まだまだお菓子作りに自信が持てない賢一は、素直に「はい」とは言えなかった。

代わりにゆっくりと立ち上がり、天井に向かって怒鳴った。

「荘介、覚えとけよ！」

豊から仔細を聞いて笑いながら電話を切った荘介は、小さくくしゃみをした。

「噂されてるんじゃないですか、『長久堂』さんで」

「僕も有名になってしまったみたいで嬉しいです」

「有名というか、悪名高くなったのかもしれませんよ」

「それもいいかな」

悪人顔を作ろうとしているのか、荘介が眉を吊り上げてみせた。似合わない表情に久美が噴きだす。

「そんな顔をしていたらお客さんが減って、伝統が途切れちゃうかもしれませんよ」

「それは困ります」

すっと真顔に戻って荘介が言う。

「伝統の後継者に悪名を引き継がせるわけにもいきませんし」

「跡継ぎにホワイトなイメージは大切ですからね。荘介さんみたいに」

「久美さんもホワイトなイメージですよね」

「そうですか」

「だから安心ですね」

「なにがですか？」

きょとんとしている久美に荘介は「いえ、べつに」と微笑んでみせる。

『『跡継ぎにはホワイト必須』の件は大丈夫ですし、先代の祖父の味はきっと無事に引き継がれるでしょう」

いつかこの店に新しい店主が立つ日が来るのだと考えて、久美は不思議な気持ちになった。その店主はきっと先代のドイツ菓子の味を変わらず守り続けてくれるだろう。荘介のオリジナル菓子もきっと作り続けてくれる。常連客はみんな安心して店に通い、好きなお菓子を買い続けられる。だが、それだけではなにか足りない気がする。

「ねえ、荘介さん。荘介さんがお店の名前に『万国菓子舗』ってつけたように、次の代でまた名前が変わったら嫌だと思います？」

荘介は笑顔で首を横に振る。

「新しい挑戦は大歓迎ですよ」

久美は満足して頷く。きっと次の代に、『新しいお菓子に挑戦したい』『ここにしかないお菓子を作りたい』という荘介の思いも伝わっていくに違いない。

次代が作るお菓子はどんなものだろう。荘介のお菓子を超える傑作がどれくらい生み出されていくのだろう。それはとても楽しみなようでいて、荘介の味を超えるものを誰かが作ると思うと素直に喜べない気にもなる。

「次代の店長に荘介さんを超えるお菓子を作られたら、ちょっと悔しいです」

「それじゃあ、誰にも超えられないようなすごいお菓子を作らなくちゃね」

荘介のお菓子がもっともっとすばらしくなり、次代の店主がその味を受け継ぐために必死で修業している姿を想像して、久美はきらめくような笑みを浮かべた。

【特別編】秘密だらけのチョコケーキ

「もう、班目さん！　お店でたばこを出すのはやめてくださいって言ってるじゃないですか！」

すごい勢いでイートインスペースに詰めより、久美は班目が口にくわえたたばこを取り上げた。

「いいじゃないか、火はつけないいんだから」

「火をつけないならくわえる必要ないでしょう。なんで毎度毎度やるんですか」

「それにはな、深い事情があるんだ」

声を低めて肩を落とした班目を、久美は不安げに見つめる。なにか聞いてはいけないような過去でもあったのだろうか。しかし班目は、真面目なふりが我慢できないといった顔でにやりと笑った。

「じつはな、俺は三度の飯より久美ちゃんが怒ったところを見るのが好きなんだよ」

「それって私をからかって遊んでるんだって言ってますよね」

「言い換えればそうだな」

「出ていけー！」

久美に怒鳴られて班目は楽しくてしかたない様子で笑いながら、店の外に飛びだしていった。

また別の日には別の理由で久美を怒らせる。

「もう、班目さん！　いつもいつもお店の裏口から入ってくるのはやめてくださいって言ってるじゃないですか！　それからお店で仕事をするのもやめてください！」

イートインスペースに仕事用のノートパソコンやら資料の写真やらを広げながら、班目は上機嫌だ。

「いいじゃないか、減るもんじゃなし」

「減ります！」

普段とは違う久美の返しに、班目はきょとんとする。

「なにが減るんだ？」

「荘介さんの真面目さが減ります。荘介さんはいつも昼間サボってるわけですが、班目さんと顔を合わせたらもっと働かなくなります」

班目は顔を顰める。

「それは言いがかりじゃないか。俺がいてもいなくても荘介が働かないのは知ってるぞ。

だいたい昼間に店にいたって、久美ちゃんといちゃいちゃしてるだけだろ」

久美は言葉に詰まった。班目はその隙を見逃さず、ここぞと笑って攻撃を続ける。

「図星だな。それはそれはもう他人には見せられないくらい、べたべたしてるな」

「う……、そんなことなか……、ないもん」

動揺して素の博多弁が出そうになっている久美を見て、班目の口は止まらない。

「荘介に甘々に甘やかされてるんだろ。いいなあ、付き合いたてのアベックは。ラブラブだなあ。手なんか恋人つなぎだろう」

聞きなれない言葉に疑問を持った久美の表情が、少しだけやわらぐ。

「アベックってなんですか？」

元来人にものを教えるのが好きな班目は、久美を怒らせるついでに古い知識をひけらかすことができる状況を作れたことに大満足のようだ。

「アベックっていうのはカップルと言ったり、まあ恋人同士のことだな。フランス語の前置詞でａｖｅｃという綴りだ。なになにとともにという意味で、英語で言うならｗｉｔｈだ。日本で誰かが恋人同士のことを言い表すのに使いはじめたらしいな。八十年代くらいで死語になったと言われてる」

「恋人つなぎは？」

久美の純粋な質問に、班目はわざと大仰に驚いてみせる。

「久美ちゃん、恋人つなぎを知らないって言うつもりか？」

「知りません」

班目は額を押さえて苦笑する。

「まさか知らないわけないさ。君たちが日常的によくしていることだ。簡単に言うと手のつなぎ方の一種だ。こう、指をからめてだな、普通の手をつなぐ仕草よりももっと深く触れあいたいという恋人同士の欲求の表れなわけだ。たまに指で相手の指をくすぐってみたりしてな。より一層、甘々なデートができるってことだな」

「あ、甘々とかじゃないけん」

「ほう。恋人つなぎしていることは否定しない、と」

「恋人つなぎもしてないけん！」

「ほうほう。手をつないでいることは否定しない、と」

追い詰められた久美の顔がだんだん赤くなっていく。恥ずかしいのとからかわれて腹が立つのとの相乗効果で、子どものように頬まで膨らませる。

班目の薄笑いが今や最高潮に癇に障る。

「つないだら悪いとね！」

語気荒く言い放った久美を見て、班目は優しげな表情になった。

「全然悪くなんかないさ。久美ちゃんがどんどん大人の階段を駆けのぼっていて俺は嬉しいよ」

班目は時折、ふいに真面目なことを言いだす。今回もそうだろうかと、班目が醸しだす雰囲気で判断した久美の怒りは静まっていく。

「こんなことで嬉しいって言われても……」

「いや、めでたいことだよ。久美ちゃんもだんだん大人になるんだなあ」

久美の眉間にしわが寄る。

「私、もともと大人ですから」

「これは失礼。そうだよな、恋人つなぎもできるくらいだ。立派な大人だったよな」

「こ、恋人つなぎなんて……」

「おやあ？　してないのか？　そんなにお子ちゃまだったのかな？」

班目の挑発に久美の堪忍袋の緒が切れた。

「お子ちゃまじゃないけんね！　恋人つなぎだってするっちゃけん！」

「やっぱり、いっちゃいっちゃしてるんだな」

「したら悪いとね！」

「ああ、熱い熱い。ここはサウナみたいだなあ。アベックの熱愛でケーキも溶けるんじゃないか？」

「熱いならさっさと帰ったらいいやん！」

「いやあ、二人のスキンシップを実際に見てみたいと思ってな。荘介の帰りを待ってるわけだ」

荘介がそうそう都合良く帰ってくるはずがない、と言おうとして久美ははっと時計を見上げる。昼休みまであと十分。荘介が店番を交代するために戻ってきてしまう。

「班目さん。帰ってください」

「なんで？」

急に冷静な口調に戻った久美を面白がって、班目のにやにやは勢いを増す。

「いちゃいちゃするのに邪魔だから帰ってください」

ここぞとばかりに班目が手を叩く。

「よし。久美ちゃんが大人の階段を上った宣言、確かに聞いたぞ。あとはこの目でしっかりと二人並んだ姿を見守らないとな」

「見守らんでいいけん、帰れ！　帰れ、帰れ！」

久美は、水を滴らせた台拭きを持ってきて勢い良くテーブルを拭きだした。班目は水気から資料を守るために、慌ててバックパックに仕事道具をしまう。

「乱暴だなあ。荘介と離れた時間が長すぎて気が立ってるな」

「そんなことはありません！」

少しだけ心あたりがある久美は動揺が表情に表れているかもしれないと、顔を伏せてテーブルを台拭きでびしょびしょにしていく。水滴から逃げるために班目は諦めて立ち上がった。それでも口だけは活発に動かす。

「久美ちゃんがかわいらしくお願いしたら、荘介は店に居続けるんじゃないか？ちょっとやってみないか。ほらほら、俺が練習台になってやるから」

「そ、そんなことしません。だいたい荘介さんが、私がなにかしたくらいで放浪をやめるわけないやん」

返事をしない班目の視線が窓の外に向いていることに気づいて、久美もそちらに顔を上げる。荘介が窓越しに久美に手を振っていた。

「デレッとしてるな。荘介の愛がほとばしってるみたいだぜ、久美ちゃん」

危険だ。班目がいようがいまいが、荘介は絶対にスキンシップを取りたがるに違いない。それを見られてさらなる班目の被害を受けるのは久美だ。

「帰ってください！」

久美は班目の背中をぐいぐい押してドアに向かわせようとする。班目は久美の努力に逆らおうと足を踏ん張って、ちっとも前に進まない。

そうこうしているうちに、カランカランとドアベルが鳴った。

「久美さん、手伝いますよ」

荘介が楽しそうにやって来て班目の背中を押す。さすがに踏ん張りがきかず班目は店の外に追いだされた。

「冷たいぞ、荘介。二人きりになりたいからって友人を追いだすのか」

「うん。世の中やっぱり友情より愛情だよね」

班目は、久美に向かってにやりと意地悪く笑ってみせる。

「じゃあ、お二人でごゆっくりラブラブな時間をご堪能なさってくださいよ」

久美の怒りが頂点に達した。

「帰れー!」

本日最大の声量で怒鳴られた班目は、楽しそうに去っていく。久美は「むぎぎ……」とよくわからない声を出して悔しさに耐えた。

店内に戻ると力つき、ぐったりと椅子に座り込む。

「お疲れですね」

荘介がくすくす笑いながら久美の隣に座る。

「荘介さん、班目さんをどうにかしてください」

「どうにか。たとえば東京湾に沈めたりということですか？」

「なんでサスペンスドラマな方向にいくんですか」

「なんなら博多湾でもいいですが」

「いくらなんでもやめてください。荘介さん、最近ちょっと班目さんに対してあたりが強いですよね。なにかあったんですか？」

荘介は、深刻な問題を抱えているのだと一目でわかるようなしょんぼりした雰囲気になる。

「ちょっと、友だちをやめようかと考えているところです」

「え、そんな！　本当になにがあったんですか」

荘介は久美の両手をそっと握る。

「いつも班目が久美さんと一緒にいる時間が長すぎると思うんです」

久美は呆れて眉根を寄せた。

「それじゃ班目さんを出入り禁止にすればいいじゃないですか」

「そんなことを言っても班目が聞くわけないでしょう」

「それはそうですね」

久美はうーんと頭をひねって、先ほど班目が言っていた言葉を思いだした。ここは一つ試しに甘えてみるか。上目使いに荘介を見つめる。

「それなら、荘介さんが一日中お店にいてくれたらいいんじゃないでしょうか」

かわいらしい視線から荘介はそっと目をそらした。まったく効き目がない。

「班目さんの嘘つき」

ぼそっと呟いた言葉を聞き逃さず、荘介は必死な表情で久美の目を見つめる。

「二人の間になにがあったんですか。聞かせてください」

「そんな心配するようなことじゃないです」

「僕には秘密なんですか」

「そうです」

断言されてショックを受けた様子の荘介は、よろりと立ち上がると厨房に入っていった。その背中が哀愁に満ちていて、久美はおかしくなってあとについていく。

「荘介さん」

久美が呼んでも荘介は返事もせず、しょんぼりと肩を落としている。久美はとことこ近づいていって荘介の背中を突っついた。

「なにもありませんって」

「いいんです、気を使わないでください。久美さんが班目と仲良しなのは知っていますから」

すっかりしおれてしまった荘介がおかしくて、久美は背中を突っつき続ける。しばらく続けていると荘介が振り返り、久美に抱きついた。

「やっぱり気を使ってください。班目を出入り禁止にしよう」

久美はくすくす笑う。

「でも、班目さんの自由さを止める方法なんてありませんよ」

黙ったまま久美の頭を撫でていた荘介は「そうだ」と呟いて久美を離した。

「一つ、試してみようか」

「なにをですか？」

荘介はにっこりと笑う。

「明日まで秘密です」

二人の間に秘密が多すぎる。今度は久美がむくれる番だった。

翌朝、久美が出勤すると荘介が嬉しそうに久美を厨房に手招いた。

「これを使いましょう。おそらく班目には有効なアイテムです」

調理台の上にはチョコレートケーキがのっていた。形はゆがみ、チョコレートは場所によって分厚かったり、剝げていたり、まったくかかっていなかったりしている。

「これ、誰が作ったんですか」

「僕ですよ」

「なにかの冗談ですか？」

「いいえ、真面目に作りましたが」

久美は調理台の周りをぐるりと歩いて、全方位からケーキを観察した。

「どこから見ても美味しそうに見えません」

「ええ、そうでしょう。きっと班目は逃げだしますよ」

「どんなにまずいものでも、荘介さんの危険な手料理でさえも食べてしまう班目さんがですか？」

荘介は料理の腕をけなされて一瞬悲しそうにしたが、チョコレートケーキを見たときの班目の反応を思ったのか笑顔が戻った。

「まあ、試してみてください」

久美は半信半疑で、チョコレートケーキを厨房の冷蔵庫にしまった。

「あれ？　久美ちゃん、今日は静かだな」

いつもどおり裏口から入ってきた班目が久美に聞く。久美はちらりと班目に目をやったが無言で客待ち顔を続けた。

班目も無言でイートインスペースの椅子に腰を落ち着けると、ポケットから煙草の箱を出して一本口にくわえた。久美がなにも言わないのを見てライターを取りだし、手の中で弄ぶ。それでも久美は叱らない。

ライターはテーブルに置き、肩にかけているバックパックからノートパソコンと資料の束を出してみせる。久美は表情も変えない。班目は次の手を考えて腕組みする。

「班目さん」

やっと口を開いた久美を、班目が嬉しそうに見やる。だが久美が返したのは、感情を表さない冷たい視線だった。妙な迫力がある。班目は恐々と聞いてみた。

「久美ちゃん、なにか怒ってるか？」

「いえ。それより、プレゼントがあります」

「プレゼント？」

久美はそれ以上なにも言わずに厨房に入って、チョコレートケーキを取ってきた。

班目はテーブルに置かれたケーキを一目見るなり椅子を蹴立てて立ち上がると、慌ててバックパックを抱きしめて、そっとそっと後ろに下がっていく。久美は思った以上の班目の反応に驚いて、冷たい表情を作ることを忘れてしまった。

「班目さん、どうしたんですか」

「それはだめだ、久美ちゃん」

心なしか青ざめているように見える班目の声は、いつもの自信満々な様子が嘘のように弱々しい。

「いいか考え直せ。窒息の可能性もあるし目に入っても危険だ。パイ投げっていうのは投げることを専用に考えられたもので、普通のケーキは投げるためのものじゃないんだ」

久美は眉をひそめる。

「投げるわけないじゃないですか。荘介さんがせっかく班目さんのために作ったケーキなのに」

荘介の名前を聞いて珍しく班目が舌打ちした。イラついている班目など初めて見た久美は、驚いてまじまじと観察する。思い切り顔をしかめて厨房の方をにらんでいる。

切れ長の目だと迫力があって怖い顔になるなと、久美は面白く思って見守り続ける。

班目はその視線に気づく余裕もないようだ。

「荘介のやつ……」

忌々しげに呟き、それからはっとして久美に視線を戻した。

「聞いたのか、久美ちゃん」

「なにをですか?」

きょとんとしている久美を見て、班目はほっと息をついた。

「いや、いいんだ。なんでもない」

「なにを隠してるんですか、教えてくださいよ」

「なんでもないない。くだらない話だよ」

「班目さんにとってくだらなくても、私には面白いかもしれないじゃないですか」

「いや、絶対に面白くないから安心してくれ」

班目を追い詰めることができるなんて。そんなまれな機会が楽しすぎて久美は追及の手を緩めない。

「思い切って話してみましょうよ。心につかえたものがほぐれるかもしれませんよ」

「そんな肩こりがほぐれるみたいに簡単に言うなよ」

班目が漏らした言葉に、久美はしたり顔だ。

「あるんですね、心のつかえが。大丈夫ですよ、悪いようにはしませんから」

「いやないぞ、つかえなんて。ないないない、あるわけないじゃないか。俺はなんでもはっきり言うやつだろ。久美ちゃんも知ってるとおりいつでも心は開きっぱなしだ。オープンハートだ」

「オープンハートって、ネックレスじゃないんですから。そもそも班目さんは秘密ばっかりですよ。荘介さんにさえ住所すら教えてないそうじゃないですか」

「そりゃ必要ないからな」

「急病のときはどうするんですか。一人暮らしじゃ、なにかあったとき困りますよ」

「俺が寝込んだって荘介は見舞いになんか来ないよ。もし来られても気持ち悪いぞ」

久美は両手を胸の前で組んだ。

「じゃあ、私には教えてくれますか」

班目は黙り込んで久美を見つめ、大きなため息をついた。

「久美ちゃんは案外おねだり上手だよな。わかったよ、教えておくよ」

「じゃあ、さっそく聞かせてください、チョコレートケーキのこと」

班目は一瞬黙り、それから大声で「はあ？」と言う。久美は勝ち誇り、胸を張った。

「今、教えてくれるって言ったじゃないですか」

「それは住所のことだろ。緊急時のためだろう」

「今が緊急時です。私、知りたくて知りたくて病気になりそうです」

班目は久美を見つめ、また大きなため息をついた。

「そのしつこさは荘介仕込みか？　なんだか、だんだんあいつに似てきてるぞ」

「そうですか？　じゃあ私のことを荘介さんと思って昔話をするみたいに、さあどうぞどうぞ話してください」

班目はものすごい顔をした。苦虫を噛み潰したとはこういう表情なのかと、久美は感心して班目の顔を見つめる。しばらく見ていると、班目は三度目のため息をついた。

「投げられたんだよ、チョコレートケーキを。まともに顔面にくらったよ」

久美は半ば予想していた答えに、静かに頷いてやった。班目は視線をそらしてふくれっ面で話を続ける。

「いいか、ケーキは投げるもんじゃない。とくにチョコレートケーキはだめだ。顔をぬぐってもチョコがなかなか取れなくて、本当に窒息するかと思った。顔を洗ってもいつまでもチョコの匂いが残ったし、なによりスポンジケーキが硬くて顔面にかなりの衝撃を受けたんだ。目もしばらく痛かったし……」

「いつ誰に投げつけられたんですか？」

かわいらしく小首をかしげた久美をしばらく観察して、本当のことを話すまではすっぽんのように食らいついたままだろうと理解した班目は諦めたようで、素直にすべてを自白した。

「高校のときに付き合ってた子からだ。衆人環視の中、それはもう見事な投球フォームで投げられた」

「理由はなんだったんですか」

班目は目をつぶり天井を見上げた。背の高い班目にそんなポーズを取られると、久美には表情がよく見えない。だがきっと情けない顔をしているのだろう。久美は面白くなってきて、笑いをこらえるのに必死だ。

「バレンタインだったんだよ、その日。だけど彼女はなんていうかチョコなんか準備するようなタイプじゃなかった。それが手作りのチョコレートケーキを持ってきた。正直嬉しかったよ。だが俺のことだ、どうしたかわかるだろ」

久美は深く頷く。

「きっと彼女さんのことを思いっきりからかったんでしょう」

班目は天井を向いたまま頷くという器用なことをしてみせた。久美は黙り込んでしまった班目のために、推理力を働かせてみせた。

「ケーキの形がものすごいそとか、美味しくなさそうだぜとか言ったんですか？」

「まさか。俺が食べ物のことを悪く言うと思うか？」

「それじゃあ、からかいポイントはどこだったんですか」

「リボンだよ」

「リボンになにか問題がありましたか」

班目は頭の後ろでこぶしを作ってみせた。

「ここにリボンをつけてたんだ、ガラにもなく」

「ポニーテールにリボンですか。かわいいですよね」

「ああ、かわいかったよ。でもそんなこと素直に言える質《たち》じゃない、荘介と違って」

久美は呆れ返ってしばらく班目をじっと見ていた。班目は居心地悪そうに足を踏みかえたり顎をかいたりしている。それ以上、口を開けないらしい班目に久美はお小言を繰りだす。

「女の子に一番してはいけないことですよ。おしゃれしていたら問答無用で褒めなきゃだめじゃないですか」

「言われなくても、そのときに嫌というほど学んだよ」

「それで、その彼女とはその後どうなったんですか」

ちらりと久美を見た班目の瞳は寂しそうだった。だがすぐにふくれっ面に戻り、顔をそらした。

「口もきいてくれなくなって、そのままだ」

久美はテーブルからケーキを取り上げると、班目に向かって投げようとするポーズをとってみせた。

「うわあ！　待て久美ちゃん、考え直せ！　荘介の作品だぞ、無駄にするのか、きっと美味しいぞ、食べられなくなったら後悔するぞ！」

「それはこちらのせりふです。班目さん、このチョコレートケーキの味を知らなかったら一生トラウマが残りますよ」

「だからって。ケーキは口に入れて味わうもんだろ。顔面で受け止めるものじゃない。いいからケーキを下ろせよ」

班目がじりじりとドアに向かって後退していくことを確認して、久美はケーキをテーブルに戻した。

「冗談ですよ。コーヒーを淹れますから、どうぞ普通にお召し上がりください」

冷静な久美の対応にほっと胸をなでおろした班目は、やっといつもの調子を取り戻した。ついでに久美をからかいたいという欲求も出てきたようだ。

「さすが久美ちゃんはわかってるな」

「なにをですか？」

ショーケースの裏側にあるカウンターでコーヒーを淹れながら、久美が聞く。

「ケーキに込められた荘介の愛情が目に見えるんだな。久美ちゃんのためなら、俺のことなんか屁とも思わないやつだってことも。このケーキが美味いのは全部久美ちゃんのためだぜ。そんな愛で包まれているせいか久美ちゃんも立派に大人っぽくなって」

「お褒めにあずかって光栄です」

いつもと違い、大人うんぬんの話で怒らないとわかると、班目は次の手にうつる。

「やっぱり毎日、過剰にスキンシップしてるとお互いに理解が深くなりすぎるんだろう。そのうち千里眼に目覚めて、荘介の居場所がわかるようになるんじゃないか」

「そうなったら便利ですけど」

「荘介がなにをしていたか見えれば、久美ちゃんのお小言も具体的になって放浪してきた荘介にヒットする威力も増大。やつも店で大人しくするようになるんじゃないか」

「そうだといいですね」

冷静にコーヒーを淹れ続ける久美をどうしたら怒らせられるかと、班目は楽しげに考えている。

「荘介が長い時間店にいたら、それだけいちゃいちゃできるもんな」

久美がくるりと振り返る。眉が吊りあがって両こぶしを握りしめている。班目のにやけ顔がいつもより嬉しそうだ。

「もう！　班目さん、いちゃいちゃいちゃいちゃ、いちゃいちゃいちゃいちゃって言いすぎたい！　そんなにいちゃいちゃせんもん」

「少しはするんだな」

久美は目を吊り上げて、イートインスペースに詰めよる。班目は慌ててバックパックに荷物を詰めて久美をかわすとドアに向かった。その背中に向かって久美が吼える。

「班目さんこそ誰かと寄り添って大人になったらどうですか！　高校生から全然成長してないんやないとね！」

痛いところをつかれた班目は、それでもなにか言い返そうと振り返った。ところがいつの間にか厨房から出てきていた荘介ににっこりと笑いかけられ、「荘介、お前卑怯だぞ！」と叫んで駆け去った。完全勝利を喜んだ久美は鼻息荒く宣言する。

「勝った！」

荘介は優しく話しかける。

「良かったですね。でも、もしかしたらこれで懲りたかもしれません。あんまり虐めないでやってくださいね」

「班目さんがこれくらいで懲りるはずがないじゃないですか」

「そうかもね」

荘介はイートインスペースの椅子を引く。

「ちょうどコーヒーも淹れてくれたところだし。久美さん、ケーキを食べましょうか」

久美はちょっと怯んで尋ねた。

「もしかして、見た目だけじゃなくて味まで再現してあるんですか？」

「思い出のチョコレートケーキの味を知っているのは、彼女の愛情をすべて顔面で受け止めた班目だけですよ」

それは果たして甘いのか苦いのかしょっぱいのか。どれであっても班目にとって忘れられない味になったのだ。きっとケーキを作った彼女も本望だろう。自分の思いを完全にぶつけることができて、すっきりと満足したかもしれない。

「そうだといいなあ」

「なにがですか？」

「秘密です」

思い出の彼女の話は、班目にからかわれる同志が他にもいるのだと教えてくれて久美の心を勇気づけた。いつかもっとからかいがいのある人物を見つけて、班目の興味がそちらに移るだろうとほっとする気持ちだった。

荘介だけは久美の反応の良さを気に入りすぎている班目の心中を知っていて、そんな日が来ないこともわかっているのだが、久美のささやかな希望を守るために黙っていることにした。

こうして二人の間に優しい秘密がまた一つ増えたことを、久美は知らない。

あとがき

『万国菓子舗　お気に召すまま』の七冊目の本になります。

荘介たちは小さな恋のメロディを奏でたりしながら今日も元気に働いています。

この本を見つけてくださり、手に取ってくださり、ページをめくってくださり、本当にありがとうございます。

いくつかお菓子をご用意しましたが、お気に召すものはありましたでしょうか。


万年ダイエッターの久美ですが、今は瞑想にチャレンジしています。

一日に数十分だけでダイエット効果があるという噂を聞いて始めたのですが、何日も挑戦してみても食欲が抑えられることはなく、集中力があがったために以前よりもっと食べ物の味が鮮明に感じられ、より食事が美味しくなってしまいました。

もちろん、日々試食する荘介のお菓子の味もますます味わい深くなり、まあ、これはこれでいいかと納得している様子です。


さて。今回、作中にブリヌイが登場します。ロシアの料理です。マースレニッツァにいうお祭りには欠かせないものだと荘介が蘊蓄を披露しますが、このマースレニッツァ、春を迎える陽気なお祭りです。飲んで食べて歌って踊って。ロシアの人は大のお祭り好きと聞きます。太陽を思わせる丸いブリヌイにバターをたっぷりつけて食べるのだとか。ジャムやクリームをつけることもありお菓子であるとも言えそうです。

また、ブリヌイはお祭りのときだけでなく日常的にも食べられるもので、亡くなったら棺に共に入れ、赤ちゃんを産んだお母さんにも供されると、人生の初めから終わりまで側にある、まさに太陽のような食べ物です。

お祭りのときにしか出会わないお菓子もあれば、日常に寄り添うお菓子もあります。そのどちらも『万国菓子舗　お気に召すまま』は取り扱っています。お祝いもお悔やみも、楽しいときもやけ食いのときも、カランカランとドアベルを鳴らせば、そのときの気分にあったお菓子にきっと出会えることでしょう。いつもの和菓子、先代の懐かしいドイツ菓子、そしてもちろん。

今日も新しいお菓子を準備して、あなたのご来店を心よりお待ちしております。

二〇一九年五月　溝口智子

この物語はフィクションです。
実在の人物、団体等とは一切関係がありません。
本作は、書き下ろしです。

溝口智子先生へのファンレターの宛先

〒101-0003　東京都千代田区一ツ橋2-6-3　一ツ橋ビル2F
マイナビ出版　ファン文庫編集部
「溝口智子先生」係

ファン文庫

万国菓子舗　お気に召すまま
～幼き日の鯛焼きと神様のお菓子～

2019年5月20日　初版第1刷発行

著　者	溝口智子
発行者	滝口直樹
編集	山田香織（株式会社マイナビ出版）鈴木希
発行所	株式会社マイナビ出版
	〒101-0003　東京都千代田区一ツ橋二丁目6番3号　一ツ橋ビル2F TEL 0480-38-6872（注文専用ダイヤル） TEL 03-3556-2731（販売部） TEL 03-3556-2735（編集部） URL http://book.mynavi.jp/

イラスト	げみ
装　幀	徳重甫＋ベイブリッジ・スタジオ
フォーマット	ベイブリッジ・スタジオ
DTP	石井香里
校正	鷗来堂
印刷・製本	図書印刷株式会社

 ISBN978-4-8399-6855-7
Printed in Japan

Fan
ファン文庫

万国菓子舗　お気に召すまま

満ちていく月と丸い丸いバウムクーヘン

形あるものはいつか壊れるが、
人の気持ちは変わりゆく

ふとした拍子に、美奈子が気に入っていたという木型を壊してしまう久美。荘介は「大丈夫ですよ」とは言うけれど、久美は落ち込んでしまい…。

著者／溝口智子
イラスト／げみ

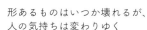

ファン文庫

伊達スタッフサービス
摩訶不思議な現象は当社にお任せを

一癖も二癖もある社長と個性的なスタッフたちが
巻き起こすオカルトお仕事コメディ！

派遣の継続契約もとれず、途方に暮れていた川伊地麻衣は初めてのひとり居酒屋で伊達炊亨という男に出会う。 彼の口車に乗せられて、伊達が経営する派遣会社に社員登録をすることに――。

著者／たすろう
イラスト／鳥羽雨